Ambigue Begegnungen –
(un-)zuverlässige Erzählungen und Novellen

von
Jens Gärtner
und
Svenja Hirsch

Bibliografische Information der Deutschen
Nationalbibliothek: Die Deutsche Nationalbibliothek
verzeichnet diese Publikation in der Deutschen
Nationalbibliografie; detaillierte bibliografische Daten sind
im Internet über dnb.dnb.de abrufbar.

Herstellung und Verlag: BoD – Books on Demand,
Norderstedt.
ISBN: 978-3749453283

Inhalt

Lamellen – Begegnungen, eine Vorgeschichte

Lamellen – Begegnungen, eine Vorgeschichte

Das Fenster geht über die gesamte Zimmerfront. Auf der Fensterbank steht ein Blumenkübel mit abgebrochenen Stielen einer Blume, von der ich nicht mehr weiß, welche Art es genau gewesen ist. Ich hätte sie mehr pflegen, mehr gießen sollen. Sie sehen traurig aus, trocken und abgestorben. So wie ich.

Das Licht des Computer-Bildschirms färbt bläulich auf die Zweige ab, auf meine Hände. Seit einer halben Stunde beobachte ich das Farbenspiel, starre apathisch aus dem Fenster. Ein Wohnblock neben dem nächsten, gebaut in Reih und Glied. Die vielen Eingänge, Türen zu Treppenhäusern, die zu den Wohnungen führen. Zwischendrin nur Balkone, kleine Terrassen und Gärten, ein schmaler Gehweg. Von der linken Seite her rauscht die Straße. Die Fenster gegenüber sind gardinenverhangen. Alte Leute, denke ich und schaue kurz zurück auf den Bildschirm. Nur das eine Fenster, schräg rechts, hat keine weißen, fließenden Spitzenstoffe. Eine Lamellenjalousie verdeckt, wenn etwas verdeckt werden soll. Zeigt, wenn etwas gezeigt werden soll, oder deutet an, was sich dahinter verbergen könnte. Ich kneife die Augen zusammen, schaue dann schnell wieder weg. Meine Gardinen sind weiß und schwer, mit großen Ösen, nur zugezogen, wenn ich schlafe. Sonst kann jeder von gegenüber sehen, wie ich alleine und zusammengerollt auf meiner 90 cm breiten Matratze liege. Kein Platz für einen zweiten Menschen in der Ein-Zimmer-Wohnung.

Hinter den Lamellen ist ein Schatten. Ein Kind oder ein sitzender Erwachsener. Schreibtischhöhe, meine Höhe. Er bewegt sich und wird länger. Kein Kind, ein ausgewachsener Mensch. Steht frontal, entweder mit dem Rücken oder Gesicht zu mir, breites Kreuz, ein Mann. Meine Gardinen sind zu beiden Seiten aufgezogen, geben den Blick auf mich an meinem Schreibtisch frei. Er könnte mich jetzt gut beobachten oder sehen, dass ich ihn beobachte. Ich schaue weiter zu den Lamellen. Der Schatten bewegt sich, ein zweiter kommt dazu, hinten aus dem Licht einer geöffneten Tür. Oder dem, was ich als die Tür erkenne. Ich arbeite, öffne Back-Ends, tippe Codes in Masken und aktualisiere. Die Zeit vergeht, ich fülle die Online-Shops meiner Kunden mit neuen Produkten. Trash, denke ich, doch er bringt mir Geld. Bezahlt die Ein-Zimmer-Wohnung mit dem schmalen Bett. Gerade so. Bestandskunden, die ich während meiner erfolgreichen Zeit als selbstständige Online-Shop-Managerin akquiriert habe. Jetzt betreibe ich kaum noch Akquise, die Kunden schwinden, die Kontakte generell. Drüben brennt noch Licht. Als ich den PC runterfahre, ist es bei mir stockdunkel. Dann werden auch die Lamellen sorgsam von innen geschlossen.

Eigentlich ist es mir völlig egal, was die Leute über mich denken. Sie denken ja eh, was sie wollen. Ich habe meine

Fenster gern offen, frei von Stoff, anders als viele hier. Biete, wem auch immer, Einblick. Manchmal nur ein wenig durch schräg gestellte Lamellen. Andere haben lieber Gardinen, vielleicht nur, um sich dahinter zu verstecken. Die Häuser stehen sich eng gegenüber und geben einen freien Blick in das 100-fache Theater in diesen Schaukästen. Wie Puppenstuben. Wohnzimmer, Schlafzimmer. Wenn die Häuser nach Norden ausgerichtet sind, kann man auch in die Küchen blicken, in die Töpfe gucken. Sehen, wer alleine lebt, Familienleben, wechselnde Partner, nackte Menschen in allen erdenklichen Situationen. Schamlos, vergessend, dass jemand sie sehen könnte. Das alles wird von vielen gar nicht mehr wahrgenommen, denke ich, für sie ist es wie Autoverkehr, in den sie sich einfügen. Gedankenlos, eng beieinander und dennoch anonym. Wen interessiert das schon. Gegenüber sehe ich im Hintergrund eine bläulich illuminierte Silhouette, die sich im Fenster spiegelt. Wieder so eine einsame Person, die sich am Computer festhält, bis sie einschlafen kann. Ich ziehe mich vom Fenster zurück.

Ich sitze gern am Fenster. Wenn ich mich zu sehr beobachtet fühle, schließe ich die Lamellen auf eine Weise, die mir die Möglichkeit lässt, hindurch zublinzeln und das Geschehen auf der Straße, die zwischen den Häusern verläuft, zu verfolgen.

Auch die mittleren Etagen kann ich auf diese Weise einsehen, das reicht mir meistens. Ich habe mich einmal in das Treppenhaus gegenüber geschlichen, um auszuprobieren, was man von dort aus sehen kann. Manchmal, wenn ich irgendjemanden bemerke, spiele ich auch mit der Fensterverdunklung. Egal wer da guckt. Ein Angebot im Schaukastentheater, ja, das biete ich manchmal.

In den nächsten Tagen brennt die Sonne in meine Wohnung. Tagsüber muss ich den linken Vorhang ein Stück zuziehen, um nicht komplett zu verbrennen. Ich arbeite, sitze, starre gegen den Stoff. Wie eingepfercht in den eigenen vier Wänden, der Blick kann nicht weit schweifen, er bleibt nur wenige Zentimeter weiter stehen, verirrt sich in dem Weiß, bis er ermüdet aufgibt. Nachmittags lässt sich der Vorhang endlich wieder ganz öffnen. Mein Blick wandert jedes Mal zu den Lamellen, jedes Mal dasselbe Spiel: ein Schatten, der hinter dem Rollo sitzt, sich erhebt, einige Zeit wie erstarrt vor dem Fenster verweilt. Ich fühle mich beobachtet und beobachte doch penetrant zurück. So geht es bis zum Freitag. Keine Alternative. Ich kann nirgendwo anders hin, ein Büro kann ich mir nicht leisten. Nicht jetzt. Seit zwei Jahren wohne ich hier. Davor war mein Leben fast vier Jahre lang angenehm. So dachte ich zumindest. Oder vielleicht waren es weniger als vier Jahre, ich bin mir nicht sicher, habe den Wendepunkt verpasst, habe nicht gemerkt, wann sich etwas entscheidend veränderte. Erst hinterher, als es schon zu spät war und ich mit gepackten Kisten an der Straße saß, dämmerte es mir langsam. Zu zweit bin ich gewesen. Doch irgendwann verspürte ich Einsamkeit. Die kleinlichen Vorwürfe häuften sich, zuerst kaum spürbare Verletzungen, die, je mehr es wurden, desto tiefere Wunden rissen. Die Ablehnung. Erst nur von romantischen Gesten: zwei Weihnachtsplätzchen auf einem Teller, einer in Schlüsselform und einer als Herz. Und die versteinerte Miene, die mir entgegensah, mit den Worten „Ich kann so etwas nicht". Dann die Ablehnung von dem, was ich war: Meine Lieblingsbilder, mein Bücherregal, es war alles nicht mehr genug. Nicht mehr auszuhalten, nicht erwünscht. Ich habe gelernt. Ich habe es für mich übernommen, romantische Gesten gebe ich keinem mehr. Deshalb das 90-cm-Bett, die kleine Wohnung, nur mit mir am PC.

Ich bin erschöpft vom vielen und langen Sitzen, die Augen brennen. Ich ziehe mich aus dem Stuhl hoch, stemme die Hände in den unteren Rücken und drücke das Kreuz durch, sodass es knackt. Frontal stehe ich an meinem Fenster, wieder beobachtend, was hinter den Lamellen passiert.

Heute regnet es endlich. Mehr Gardinen als sonst sind in den Wohnungen gegenüber zurückgezogen. Wahrscheinlich tun das die meisten, weil sie denken, dass der Regen ausreichenden Schutz vor eindringenden Blicken biete. Eine natürliche Senkrechtlamelle. Oder es sind Hoffende, die auf besseres Wetter warten, die Sonne zurücksehnend. Zeitweise ziehen die Wolken dicht und schwarz über die Häuser, sodass sie wie die Nacht selbst die Dunkelheit vor die

Fenster und auf die regennasse Straße werfen. Ich blicke auf das Grau der Straße, die sich mit dem Himmel zu vereinen scheint. In dieses tiefe Grau hinein tritt langsam, erst nur schemenhaft, eine noch dunkler gekleidete Person, mit einem schwarzen Schirm geschützt, in den Windfang vor der Eingangstür. Das kann ich von meinem Platz aus gerade noch erahnen. Dann klingelt es bei mir. Ich öffne nicht. Ich will nicht. Ich kenne hier niemanden. Nur gegenüber eine Person, deren Schatten ich hin und wieder sehe. Das reicht mir. Es gibt keine Person mehr, die mir nah ist, also kann ich nicht gemeint sein. Dennoch spüre ich, dass da etwas ist, was ich weiß, und dass es noch Menschen gibt, die mich vielleicht kennen. Srebrenica ist weit weg. Aber eine Angst ist ganz nah, immer bei mir. Eine Angst, die ich nicht erklären kann. Die ich aus mir verbannen will, indem ich für mich bleibe. Schemen reichen mir.

Der erste Schatten steht am Fenster, hinter ihm Licht, das durch die Türöffnung fällt. Ein Türlichtfeld. Der zweite Schatten bewegt sich in den Raum. Dann stehen beide ganz dicht beieinander, umarmen sich vielleicht. Der zweite bewegt sich einen Schritt zurück, beugt sich zu dem ersten. Sie küssen sich bestimmt, denke ich. Ein warmes Gefühl durchwühlt mich. Schnell und zaghaft. Dann weicht das Gefühl zurück. So sieht auch der zweite Schatten aus, als ob er zurückweiche. Ich kneife die Augen zusammen, schiebe das Kinn nach vorne. Ich stehe einfach da. Der Anblick kommt mir unwirklich vor, sie fällt heraus aus dem, was die vergangenen Tage hinter den Lamellen geschehen ist. Oder von dem, was ich denke, dass es geschehen sein könnte. Der Schatten bewegt sich minimal, es scheint, als blicke er zu mir herauf. Er verharrt. Der zweite Schatten sieht so aus, als bewege er sich auf den ersten zu. Ich halte die Luft an. Es geht alles ganz schnell. Kaum eine Millisekunde, so schnell, dass ich es nicht begreifen kann, und der erste Schatten fällt. Er ist nicht mehr zu sehen. Nur der zweite Schatten, wie er langsam bis ganz ans Fenster tritt, den Kopf gehoben und geradeaus blickend, die Lamellen, die sich langsam meinem Blick verschließen.

Ich kenne die Frau nur flüchtig. Ich erkenne sie an ihrem alt gewordenen Gesicht. Aber ich weiß nicht mehr, wer sie war, oder gar, wie sie heißt. Es stellt sich auch kein Gefühl ein. Sie sagt, sie kenne mich gut. Sie lacht. Warum lacht sie, frage ich mich. Ein Tee? Ein Kaffee? Etwas anbieten oder keine Zeit haben? Ein Tee wäre jetzt doch gut, sagt die Frau. Ich will meine Lamellen ein wenig weiter öffnen, damit die Person von gegenüber, die immerzu bläulich gefärbte Person, teilhaben kann an meinem Besuch, der mir nach der ersten Überraschung gar nicht mehr bekannt vorkommt. Die Frau gegenüber weiß, dass ich zurückgucke, sie muss es wissen, sonst macht alles keinen Sinn. Sie könnte Zeugin sein. Ich weiß noch nicht wovon. Sie steht da am Fenster und ich scheine ein Teil ihrer Welt zu sein. Erst will ich das Teewasser aufsetzen. Es klingelt wieder. Die Frau öffnet, bevor ich bereit bin. Ich weiß nicht, warum ich das zulasse.

Es ist außerdem völlig unaufgeräumt. Was soll ich zuerst machen? Schnell schiebe ich den großen Kleiderständer beiseite. Meinen fast zwei Meter hohen Butler, der wie immer vollgehängt ist, mit mit Kleidungsstücken, die ich in den letzten Wochen getragen habe. Meine Bewegungen sind zu abrupt und das Monstrum kippt, in Zeitlupe zwar, aber unaufhaltsam zu Boden. Es fällt leicht, weich und leise, gedämpft durch den Berg von Klamotten. Lärm macht lediglich das rahmenlos verglaste Poster, welches im Fallen von der Wand gerissen wird. Dann stehen unvermittelt zwei Frauen im Raum. Sie lachen, sie freuen sich anscheinend über das Chaos. Sie sehen sich an und lachen wieder, die zuletzt gekommene Frau sagt: „Ich gehe dann mal in die Küche." Sie schwingt sich dynamisch, mit dunkelgrünen Highheels beschuht, in Richtung Küche. Woher weiß sie, wo die Küche ist, denke ich noch, bevor die erste Frau, die mit dem alten Gesicht, sagt: „Wir haben Kekse mitgebracht." Ich komme nicht darauf. Wer ist sie, und Kekse, was für Kekse? „Wir trinken erst einmal einen Tee und dann räumen wir auf, nicht?" „Woher kennen Sie mich?", frage ich. Mittlerweile sitze ich auf meinem Sofa, von wo aus ich sowohl den Raum als auch das Fenster sehen kann. Sie sagt nichts, lächelt aber freundlich. Dabei blitzen zwei silbern überkronte Schneidezähne aus ihrem Mund. Das Dorf, sagt

10

sie nach einer Weile, und jetzt blitzen auch ihre Augen. Aber sie sieht aus wie jede Frau aus einem Dorf, jedenfalls in ihrem Alter sieht sie aus wie jede Frau. Eine beliebige Nachbarin aus einem Dorf, ja genau, ich fange an, mich zu erinnern. Ein Dorf an der Drina, im Chaos der „Säuberung". Was machen sie jetzt hier? Ich sehe sie in Strömen von Menschen, die in alle Richtungen laufen. Die einen Blauhelmsoldaten anschreien, eine Straße blockieren, um Zeit zu gewinnen. Aber das ist sinnlos, denn die Blauhelme verschwinden, die Menschen sind auf sich gestellt. Jeder für sich. Ich für mich. Der Lärm der Granaten, die dann kommen, ist verschwunden. Hier ist es still. Hier soll es still bleiben. Das laute Töten geht mich nichts mehr an. Ich nehme einen dieser Kekse. Sie schmecken bitter und zuckersüß. Ich nehme noch einen. Wenn ich kaue, muss ich nicht reden. Worüber auch reden? Blute ich?

Kann das Gewalt gewesen sein? Körperliche. Seelische meine ich zu kennen – schon als ich mit ihm zusammenzog, war ich nicht gänzlich willkommen. Und dann nach zwei Jahren die Haussuche. Ich suchte, sollte aber nicht im Grundbuch stehen. Er traute mir nicht. Er meinte, ich könne ihn ausnehmen. Stattdessen wollte er mich ausnehmen. Ich sollte Miete zahlen, dort im Eigenheim, zahlen für etwas, das ich am Ende nicht besitzen würde, damit er es am Ende besaß. Ich begriff das erst später. So isoliert war ich von meinen eigenen Gefühlen, von dem, was ich eigentlich wollte, dass ich sein Misstrauen kaum mehr spürte. Als wäre auch mein Schatten gefallen, nicht mehr sichtbar. Mein Glück? Ich hatte es nicht verteidigt gegen ihn. Gegen ihn und für mich. Und jetzt sitze ich hier. Ich kann an dem Leben der anderen teilhaben, wenn ich durch die Scheiben sehe. Mein Kopf erledigt den Rest. Hinter Scheiben können sie mir nichts anhaben, diese Menschen. Wie die wilden Tiere im Zoo. Ich sehe sie und ihr Leben. Glaube, mit ihnen in Kontakt zu stehen, und doch können sie nicht an mich ran, mir nichts anhaben. Mir nicht wehtun.

In meinem Kopf dreht sich alles. Zu laut und schwer, wie der Kreislauf an einem heißen Sommertag. Habe ich je jemanden in das Haus gegenüber gehen sehen? Und wenn ja, wie könnte ich den- oder diejenige identifizieren? Als Gast hinter den Lamellen? Wenn ein Schatten runterfällt und wegbleibt, ist er dann tot? Oder durch ein Licht weggeblendet? Hörte man einen Schuss? Oder war da etwas, das nicht im Stande war, zu mir herüberzudringen, wie ein Schlag oder ein Stich? Und sollte ich rübergehen? Sollte ich die Polizei rufen, würde man mich für verrückt erklären? Hat es hinter den Lamellen schon eine Putzaktion gegeben, alle Spuren verwischt? Ein Mord oder nur ein ermordeter Schatten?

Ich stehe vor der Tür, die Jacke fest um mich gewickelt. Friere. Bekomme kalte Füße. Alles grau in grau. Ich starre auf das Klingelschild. Welcher Name könnte zu den Lamellen passen? Peters? Korniman? Jemand kommt aus dem Haus. Der erste Mensch seit Tagen, den ich ohne Fenster zwischen ihm und mir anschaue. Ich reagiere schnell, nicke, lächle, fasse an die Glasscheibe der Tür und halte mir diese in den Hauseingang auf. Wieder dieses Kreislaufproblem. Mir ist schwindelig. Menschen. Menschen machen mich wahnsinnig, wenn keine Scheibe zwischen ihnen und mir ist. Und doch spüre ich, wie ich nach dem Kontakt geradezu lechze, ich fühle mich wie ausgehungert. Als hätte ich mir eben gerade durch die Begegnung am Eingang eine Spritze gesetzt, gefüllt mit einer höchst abhängig machenden Droge. Reingedrückt, ab in die Blutbahn. Mehr davon, sonst fange ich noch an zu zittern. Also steige ich die Treppe hinauf. Erster Stock. Hier müsste es sein. Es duftet nach Tee. Soll ich klingeln?

Im Treppenhaus steht noch eine Frau. Ich werde verrückt, werde ich verfolgt? Aber die im Treppenhaus kommt mir vertraut vor. Aus dem Augenwinkel heraus scheint die Frau Ähnlichkeit mit der bläulich beleuchteten Person von gegenüber zu haben. Ich erschrecke. Machen die gemeinsame Sache? Komm, leg dich aufs Bett, hatten sie mich aufgefordert. „Du bist ja ganz blass", lachten sie. Die zweite Frau, die zuletzt gekommen ist und genau wie die erste keinen Namen nannte, hatte sich schon rückwärts auf mein Bett fallen lassen. Wie waren sie überhaupt im

Schlafzimmer gelandet? Weg von den Lamellen! Die erste zog mich am Arm und biss mir in den Hals. Und lachte. Dann schubste mich die eine und die andere zog. Ich flog auf das Bett. Dann schrie die zweite: „Was machst du hier in meinem Bett?" Sie zogen mir, während ich im Bett zappelte, den Gürtel aus der Hose und freuten sich. War das noch Spaß? Dann stießen sie mich mit den Füßen auf den Boden, traten zu und versuchten mich mit dem Gürtel zu treffen. „Für Srebrenica", schrien sie. „Wir ziehen dir die Haut ab." – „Ich hab doch nichts gemacht!", brüllte ich. „Genau das ist es ja, du hast nur zugeguckt, du Feigling." Ich wollte etwas erwidern, erklären, aber sie wollten nicht reden. Ich drehte mich zur Seite, trampelte und strampelte mich frei. Mit letzter Kraft bin ich aus der Wohnung gerannt. Ich verliere meine Sinne. Jetzt steht diese Frau hier. Ist sie in Gefahr? Kann ich sie da oben in meine Wohnung reinlaufen lassen? Ich laufe an ihr vorbei, über die Straße in das Treppenhaus hinein, was mir von meinen Besuchen bereits vertraut ist. Von hier aus blicke ich in meine Wohnung, in der gerade die Jalousien, die ich vorhin weiter geöffnet hatte, vollständig geschlossen werden. Ich blicke noch einen Moment hinüber. Mein Herz rast und ich schwitze. Diesen Zustand meines Körpers bekomme ich nicht unter Kontrolle. Auf einem Treppenabsatz ruhe ich mich aus, halte das Stillsitzen aber nicht lange aus. Als ich wieder aufstehe, sehe ich hinter den Lamellen meiner Wohnung einen schwachen Lichtschein. Er wirkt nicht wie ein Lampenlicht, das würde man in diesem noch schummrigen Tageslicht nicht erkennen. Was für ein Licht kann das sein? Ein Zeichen? Für mich? Ich stehe unschlüssig im Treppenhaus. Soll ich bei der Person klingeln, die immer im bläulichen Licht steht? Mit welcher Begründung? Ich denke, sie sieht mich auch. Fühle, dass sie mich kennt, da wir uns gewissermaßen täglich sehen. Soll ich so tun, als wolle ich „Hallo" sagen? Kann ich das einfach machen? Aber ich muss doch wissen, ob sie in meiner Wohnung ist. Sie ist doch meine einzige Bekannte von gegenüber. Jedenfalls sehe ich sie immer. Wenn sie am Fenster ist. Ich muss doch auch für sie ein Bekannter sein. Unentschieden blicke ich wieder über die Straße. Sie scheint immer breiter zu werden. Ein Schwindel erfasst mich, meine Gedanken und damit mein Schädel weiten sich. Die Straße färbt sich blauschwarz , wird zu einem Fluss. Das Wohnhaus gegenüber schrumpft zu einem Häuschen, wie das in Srebrenica. Srebrenica 1995, das Haus, das brannte. Aus dem liefen jetzt zwei Frauen heraus und schrien. Ich sah sie weglaufen, voller Angst. Männer liefen ihnen nach. Schüsse fielen. Die Alte mit den Metallzähnen wurde jetzt in meinem Kopf immer jünger und lief rückwärts. Ich erinnerte mich nicht mehr: Wer bin ich da gewesen in Srebrenica, in dem Massaker. Das Haus am Fluss brannte jetzt lichterloh.

Der Mann ist verrückt, nicht ich! Ja, es ist ein erwachsener

Mann. Ich habe ihn gesehen. Eben. Ich stand vor seiner Tür. Dreckiges Weiß, Schrammen im Holz. Die Tür wurde von innen aufgerissen. Er. Nackt. Keuchend. Als habe man ihn gejagt. Schweißüberströmt, wie ein Urmensch aus einer anderen Zeit. Er starrte mich an. Wie ein Gespenst, auf das er gewartet hat. Ich sah an ihm hinunter. Was sollte ich sonst tun? Da fielen sie mir auf, seine Hände. Rot. Auffallend rot. Er preschte an mir vorbei, so wie er war, die Treppenstufen hinunter. Ich lief ein paar Schritte hinterher. So verrückt und aufgescheucht hätte er leicht ein Kind erschrecken können. Oder jemanden angreifen. Er könnte jemandem wehtun.

Aber was weiß ich schon über Menschen! In so vielen habe ich mich getäuscht, gerade in den mir so nahe geglaubten. Ich sehe, wie er hinüberläuft, von seinem Treppenhaus in meines. Und ich bin hier, im Treppenhaus zu seiner Wohnung. Was tun, was tun? Ich zittere am ganzen Körper. Entzugserscheinung? Oder kann ich ihnen nicht mehr begegnen, den Menschen, so ganz ohne Scheibe, die nackte Realität vor Augen, den ganzen Wahnsinn?

Es gibt kein Zurück. Ich kann nicht hinüber, nicht in meine Wohnung. Da ist er. „Egal wo ich bin, du bist schon da", der Satz des Todes, ein Satz, der mich an alte Zeiten erinnert. Den er zu mir sagte, im gemeinsamen Bett. Es schmerzt. Ich kann nur warten. Oder gehen. Ein paar Straßen weiter. Zur Polizeiwache.

Ich warte ab. Es dämmert. Sonnenuntergangsfeeling wie im Horrorfilm. Der Mann, er kommt nicht zurück. Dafür

16

verlässt eine Frau das Treppenhaus. Eher älter. Sie fragt, ob sie mir helfen könne, ich verneine. Der Türschlag, er klingt, als wäre sie aus seiner Wohnung gekommen. Doch ich sitze nun unten auf den Stufen und zittere immer noch. Ich beobachte das Treppenhaus gegenüber, sehe keine Lamellen mehr, nur mehr Gardinen, leicht und schwingend oder weiß und schwer. Ich bleibe hier. Erschöpft. Weiß nicht, was zu tun ist. Also warte ich, so wie immer. Beobachte, so wie immer. Und merke, wie krank mich das macht, dieses Warten. Das Warten darauf, dass das Leben passiert.

Ich fahre hoch. Ich muss eingeschlafen sein! Mein Gesicht, ich ertaste einen Abdruck, hat mit der Wange auf der Treppenstufenkante gelegen. So müde von der Arbeit, von der Aufregung. Ich muss den Auftrag noch erledigen. Ich stoße mich ab von den kalten Treppenstufen. Mein Rücken schmerzt vor starrer Kälte. Ist der Mann an mir vorbei wieder nach oben geschlichen? Steht er noch drüben? Ich kann ihn nicht sehen. Vorsichtig tappe ich hinüber, langsam den Schlüssel umdrehend, Blick ins Treppenhaus. Niemand ist zu sehen. Ich gehe hinauf zu meiner Wohnungstür: rote Spuren quer über dem Weiß. Doch kein Mann weit und breit. Ich schließe auf, greife nach meinem Handy auf dem Schuhschrank.
Hier ist keiner. Nicht hier, nicht irgendwo anders. Niemand, der auf mich wartet. Der durch die Beobachtung durchs Fenster auf mich aufmerksam wird. Ein Irrsinn von mir,

darüber nachzudenken, dass keiner auf mich wartet. Ich will selbst nicht mehr warten, denn so wird nichts passieren. Aber ich lebe, und ich will leben. Und ich will genau dieses Leben fühlen. Ich will nicht mehr bloß zugucken. Ich will das Leben spüren. Ohne Scheibe. Ich will jemandem begegnen. Ich will diejenige sein, die dafür sorgt, dass etwas geschieht.

Ich bin weg. Nackt und blutig ist die beste Verkleidung. Nackt und blutig sieht mich niemand wirklich an. Jeder senkt den Blick. So war es auch mit dem Verbrechen, diesem scheußlichen Verbrechen, das wenige wagten, noch mehr wollten, alle geschehen ließen. Tacitus hat das schon gesagt, glaube ich. Srebrenica, ich hätte die Zeichen verstehen müssen. Der silbern überkronte Zahn, Sreben, ja, das bedeutet Silber. Aber ich war doch nur Beobachter, wie die anderen Niederländer auch, wie die Welt, wir konnten nicht eingreifen. Und dann kam der Nebel. Ich habe die Helferinnen nicht vergewaltigt. Ich musste nur zusehen. Ich war der Arzt. „Aber du hast mit Ratko getrunken, wir haben es in der Zeitung gesehen", flüsterten sie. „Mit Ratko Mladi, dem Kriegsverbrecher, dem Mörder!" Ihre Stimme überschlug sich. „Aber es war doch nur ein Glas Wasser, ein Zufall! Nur ein Bild in einer Zeitung. Sie haben es benutzt!"
„Du bist mitschuldig an dem Massaker. Du hast gesehen, wie die serbischen Nachbarn meinen Sohn abtransportiert,

meinen Mann hinter die Schule geführt haben. Ihre Knochen habe ich Jahre später bekommen. Du hast nichts unternommen, mit deinem blauen Helm auf dem Kopf. Du bist ein Täter, ein Feigling. Also, wieso lebst du?", zischten sie.

Jetzt rieche ich das Blut. Wieso lebe ich? Ich hatte mich verkrochen.

"Die Leichen, ich habe die Toten über mich gelegt, das Blut tropfte noch an ihnen herunter. Es war schrecklich", sagte ich. "Für alle. Ich war nur als Arzt da."

"Du bist kein Arzt, egal wer du wirklich bist, egal wo du warst, du warst dabei." Bin ich das wirklich gewesen, der sich unter den Leichen versteckte, voller Angst auf den Bulldozer wartend, der alles zusammenschob? Oder war ich der, der die Männer von den Frauen trennte und in der Schule erschoss? Ich weiß es nicht mehr. Diese Fragen, die ich mir immer wieder gestellt habe. Ich hatte zugesehen, musste alles mit ansehen. Die Vertreibungen, die Vergewaltigungen, die Morde. Ich hatte das Gefühl, jeder sein zu können. Ich war irgendwann Teil von allem. Die Welt der "Roten Zora" war verschwunden. Mein Lieblingsroman aus Jugoslawien. "Ich bin Branco", sagte ich. "Und ich Zora", erwiderte sie und ich sah diesen daumenlosen Handschuh mit dem Messer daran aufblitzen. Mit diesem Handschuh, der blitzartig die Kehle durchschneiden konnte.

19

Wenn ich jemals aus diesem Traum aufwachen sollte, will ich mich an alles erinnern. Ich will wissen, wie es ausgegangen ist.

Zwischen Möwen und Delfinen

Zwischen Möwen und Delfinen

Mona und ich sitzen am Strand und frappiéren. Ein paar Meter vor uns versucht sich ein stark behaarter Anfang-40-Jähriger eine Badekappe über die Halbglatze zu ziehen. „Der heißt Gert", sage ich. Mona nickt und wir gucken zu, wie Gert eine Schwimmbrille aus seinem roten Rucksack rausholt. Er steht in geblümten, langen Badehosen vor dem felsigen Teil des Strandes und entwirrt nun vor seinem stark behaarten Wohlstandsbauch das Gummi der Schwimmbrille. Dann zieht er es über sein Käppchen. Ich sage bloß: „Gummi übers Käppchen ziehen", und Mona verdreht die Augen. Gert wühlt nun erneut in seinem Rucksack und holt Sonnencreme zum Sprühen hervor. Er dreht und wendet die Flasche, klopft so stark auf dem Sprühkopf herum, dass eine Ladung Creme in seinem Gesicht landet. „Komisch, dass er ganz alleine hier ist", sage ich und füge hinzu: „Vielleicht geht es seiner Mutter nicht so gut und nun muss er seinen allerersten Urlaub ohne sie verbringen." Derweil hat Gert eine zweite Sprühcreme aus seinem Rucksack geholt und eine Handvoll davon auf seinem Bauch verteilt. „Wahrscheinlich ein anderer Lichtschutzfaktor", sagt Mona und ich freue mich, dass sie mitmacht. „Hat Mutti auch immer so gemacht", sage ich wieder. „Und die Knie nicht vergessen", sagt Mona und ich gucke zu Gert, der gerade in die Hocke gegangen ist, um seine Gelenke zu besprühen. Ich vermute laut weiter, dass Mutter ihm auch das mit der

Kappe und der Brille geraten hat, aber Mona ist schon wieder mit den Gedanken woanders. Ich sehe sie an. Sie ist so unfassbar hübsch. Das finde ich immer, wenn sie mal so dicht bei mir sitzt.

Wir beobachten Gert, der nun eine 2er-Schwimmflosse aus seinem Rucksack holt. „Vielleicht ist er auch einer von diesen Sundschwimmern!", sagt Mona plötzlich. „Die schwimmen mitunter fünf Kilometer am Stück, deswegen auch diese ganzen Accessoires und das bedachte Eincremen." Ich frage Mona, was das genau ist, das mit dem Sundschwimmen, und sie erzählt von einem Wettbewerb bei Stralsund. Nicht hier, auf der kleinen sonnigen Südseeinsel. Mona hat das mal aufgeschnappt, bei jemandem aus ihrer Familie. Die kommen alle aus dem Osten und dort war das früher einmal ein beliebtes Streckenschwimmen. Mona selbst war auch schon ein paar Mal dort. „Alten Familientraditionen nachspüren", sagt sie. Ich zucke mit den Schultern. Das ist wieder typisch für Mona. Sie liebt die raue Küste, dort wo die steife Brise weht und Möwen fliegen. Ich kann Möwen nicht ausstehen: Als ich noch ein kleiner Junge war, hat mir eine das Wurstbrot aus der Hand gefischt. Von oben kam das Viech schreiend herabgestürzt und nahm mit seinen Krallen nicht nur das Brot, sondern auch einen Teil meiner Zeigefingerhaut mit. Die Narbe sieht man noch.

Gert macht ein paar vorsichtige Gehversuche in Richtung Wasser, steckt einen Zeh in das klare Türkis und zuckt kurz zurück. Dann geht er aber doch bis zu den Waden hinein. Er taucht die Hände ins Wasser, benetzt seine Arme und schließlich das Käppchen. „Ja, immer vorsichtig sein, nur nicht übertreiben, das geht sonst schnell auf den Kreislauf", sage ich. „Meinst du wirklich, zu dem gibt es keine passende Frau?", fragt Mona geistesabwesend und nippt an ihrem Cappuccino Frappé. Ob sie mir überhaupt zuhört? Gert versucht unterdes vergeblich, den Wellen auszuweichen, die immer wieder auf ihn zuschwappen. Bei jeder neuen Woge hüpft er kurz nach oben, gibt es aber schließlich auf und dreht sich nur noch seitlich hinein. Dabei verliert er fast die gelben Flossen, die er die ganze Zeit in der Hand hält. Er bleibt stehen und schiebt die Flossen unter Wasser. Es dauert nicht lange, bis er sie auf die Füße gezogen hat und erste Schwimmmanöver versucht. Gert hält die Hände wie zum Köpfer über seinem Käppchen gefaltet, dann taucht er mit den Fingerspitzen in das türkisklare Wasser und der Rest seines behaarten Körpers folgt flinker als erwartet. Doch Mona und ich staunen nur kurz, da blitzt Gerts geblümter Hintern aus dem Wasser. Ich lache. Dann frappiéren wir wieder. Das Wort hat Mona sich ausgedacht, weil sie findet, dass wir in unserem ersten gemeinsamen Urlaub so viel Frappé trinken, dass es einer Tätigkeit gleicht und daher ein eigenes Verb braucht.

„Pass auf, jetzt kommt gleich wieder die Arsch-hoch-Technik", sage ich und zeige wieder auf Gert, der tatsächlich wie im Delfinstil erst mit dem Kopf voran lostaucht. Und dann, bupp!, erst einmal und dann, bupp!, ein zweites Mal seinen Hintern aus dem Wasser steckt. Als ich gerade „Die Zweimal-Arsch-hoch-Technik" sagen will, macht es noch zweimal bupp. „Die Viermal-Arsch-hoch-Technik", sage ich und ziehe mit einem lauten Schlürfen den restlichen Milchschaum zwischen den Eiswürfeln durch meinen Strohhalm hoch. „Gert ist eine kleine Nixe", sagt Mona. „Oder er hat einfach einen Walfisch-Fetisch, den er hier ungezügelt ausleben kann", gebe ich zu bedenken. „Der wird geil, wenn er sich die Flossen überzieht. Deswegen hat er sich so viel Zeit gelassen und sich vorher bis zur Hüfte ins Wasser gestellt", ergänze ich meine Theorie. Doch Mona verdreht ihre Augen. Ich halte jetzt lieber meinen Mund. Ich hätte es wissen müssen. Wenn ich zu derbe werde, sagt sie nichts mehr und rollt nur mit den Augen. Sie mag Worte, die sie zum Nachdenken bringen. Ich glaube, das Einzige, was Mona bei mir je zum Nachdenken gebracht hat, ist meine Möwennarbe. Nur deswegen sind wir überhaupt hier, am türkisfarbenen Meer statt in der steifen Brise. Weil es hier keine Möwen gibt. Aber dafür einen Gert. Der heißt eigentlich Manfred. Doch das erfahre ich erst am nächsten Morgen.

Manfred arbeitet seit einem Jahr in einem Hotel als Koch. Früher hat er auf Containerschiffen Essen zubereitet. Den ganzen Tag schnibbelte er Gemüse und fuhr dabei übers Wasser. Deshalb konnte er es kaum abwarten, seinen Urlaub am türkisblauen Meer zu verbringen, endlich wieder am

Wasser zu sein. Manfred liebt das Meer über alles. Deshalb war er schon oft hier und wenn es sein musste, auch ganz alleine, so wie jetzt. Und nicht, weil es seiner Mutter nicht so gut ginge. Die ist schon lange nicht mehr am Leben, so lange, wie Manfred denken kann. Das Einzige, was er über sie weiß, ist, dass sie Delfine liebte. Manfred habe also keinen Walfisch-Fetisch, sondern einfach einen Bezug zu seiner schon so lange verstorbenen Mutter gesucht, erklärt mir Mona am nächsten Tag. Sie hat all das herausgefunden, nachdem ich mit meinem vollen Frappé-Bauch zu Bett gegangen war und sie sich einfach zu Manfred an die Hotelbar gestellt hatte. Dem muss Mona etwas verrückt vorgekommen sein, wie sie da so vor ihm stand und ihn komische Sachen fragte zu all dem, was ich den ganzen Tag über ihn fabuliert hatte. Aber Manfred hatte seit vier Tagen mit keiner Menschenseele gesprochen und noch viel länger nicht mit einer, die so aussah wie Mona.

Sie erzählte ihm von den Sundschwimmern und er antwortete begeistert, dass er sich das sehr gerne einmal ansehen würde. Er selbst habe leider viel zu spät angefangen, sich mit den vielen verschiedenen Schwimmstilen zu beschäftigen, wobei er dann auch auf den Delfinstil gestoßen sei. An die Teilnahme an einem Schwimmwettbewerb sei in seinem Alter gar nicht mehr zu denken, sagte er zu Mona. Aber im Wasser, erklärte Manfred, finde er sich selbst weniger plump und merke gar nicht mehr, wie stark behaart er eigentlich sei. Er vergesse, wie er aussähe, und vor allem, was er so einer wie Mona alles nicht bieten könne. Im Wasser würden alle Unsicherheiten von ihm fortschwimmen, so beschrieb er es und Mona nickte.

Am nächsten Morgen öffnet sie zaghaft die Tür zu unserem gemeinsamen Hotelzimmer und schleicht auf ihre Seite des Bettes. Ich liege wach da und schaue ihr direkt in die Augen. Ich frage erst mich und dann Mona ernsthaft, was das solle. Sie erzählt noch irgendetwas, doch meine Gedanken rotieren und ich kann ihr nicht mehr zuhören. Nie wieder.

Ich habe Mona nur noch einmal gesehen, ganz zufällig. Sie lief mit diesem Gert an der einen Hand die Reling am Hafen unserer Stadt hinunter und hatte in der anderen ein Stück Brot, das sie den umherfliegenden Möwen hinhielt. Gert prustete laut und duckte sich ungemein flink unter den heranbrausenden Seevögeln weg. Aber er sah nicht so aus, als habe er Angst. Er sah aus wie ein glücklicher, behaarter Typ mit Halbglatze.

Der Leichensack

Der Leichensack

Plakate an der Autobahn. Vier lachende Menschen, die in den nächsten Sekunden sterben werden, weil einer von ihnen nicht aufpasst. Ich krame in meiner Handtasche nach einem Kaugummi und stecke es mir in den Mund, während Jo sich eine Zigarette dreht und sein Knie unter das Lenkrad schiebt, um beide Hände frei zu haben. Hinten sitzen Anna und David. Sie spielen Mensch-ärger-dich-nicht auf einem Reisebrett. Jo macht sich immer lustig, überflüssig sei das, genau wie meine Bücher und CDs, die ich zuhause stehen habe. Jo sortiert immer alles aus, was er mehr als ein halbes Jahr nicht benutzt hat. Innerhalb von fünf Minuten hat er alles für den Urlaub gepackt, er muss ja nicht lange suchen oder sich entscheiden. Das einzig Überflüssige, das Jo besitzt, ist sein Auto. Er benutzt es kaum und fährt meist alleine. Außer wir fahren in den Urlaub wieder zurück, so wie jetzt. Zu viert auf dem Weg nach Hause: Die schöne Anna, die sich ständig ihre roten Lippen nachzieht, und David, der tätowierte Tischler. Jo, der chaotische Büromensch mit dem großen Auto, und ich. Alles Singles, die nicht alleine in den Urlaub wollen. Ein Ferienhaus in der Nähe von Kopenhagen, um oft im Viertel Kristiansand unterwegs sein zu können.

Am Ende dieses Urlaubs nehme ich von vier Büchern drei wieder ungelesen mit nach Hause. Die Fahrt kommt mir ungemütlich lang vor. Ich sitze auf dem Beifahrersitz, aber seit es Navigationssysteme gibt, habe ich auf diesem Platz kaum noch etwas zu tun. Kein Kartenlesen mehr, kein Aufpassen auf die richtige Abzweigung, keine Ablenkung, kein Zeitvertreib. Nur die Schilder am Straßenrand, die genau auf meiner Seite der Straße vorbeifliegen und durch ihre Größe bedrohlich wirken. Hinten fliegt gerade Annas letzter Stein aus dem Spiel und sie muss wieder von vorne anfangen. Sie lacht und schmeißt wie aus Versehen das Spielbrett von der Sitzbank. Kleine bunte Spielmenschen, die am Boden liegen. David beugt sich hinunter: „Ich weiß, wo meine Steine standen, du entkommst mir nicht, Anna. Auch nicht durch so miese Tricks", sagt er und grunzt zufrieden. Seit diesem einen Abend in Kristiansand läuft da etwas zwischen den beiden. Da ist so ein Ausdruck in Davids Augen. Als wir uns kennenlernten, hat er auch mich kurze Zeit so angesehen. Aber das ist längst vorbei. David und ich kennen uns seit fünf Jahren. Ich kenne ihn länger als Jo, mit dem ich mich regelmäßig im Literatur-Café treffe oder mich von ihm zu irgendwelchen Poetry Slams mitschleppen lasse. Ich mag ihn, aber er ist eben bloß Jo. Groß und hager, gefüllt mit Allgemeinwissen.

Jetzt starre ich wieder aus dem Fenster, statt zu lesen, und beiße lustlos auf meinem Kaugummi herum. Es ist kaum Verkehr. Ich gucke angestrengt auf die Straße. Etwas Dunkles liegt dort. Ein kleiner Schauer rieselt mir den Rücken hinunter. Das dunkle Etwas kommt auf uns zugerast. „Jo!", entfährt es mir und ich pike Jo mit meinem Zeigefinger so fest in die Seite, dass er laut aufschreit. „Was ist das?", frage ich. Jo weiß es nicht und bremst abrupt ab. Mit etwa 50 km/h fahren wir an dem dunklen Etwas vorbei und schauen auf die Straße. Ein großer schwarzer Müllsack, mitten auf der Autobahn. Länglich, übergroß. Kein gewöhnlicher Sack. „Der hat sich kaum bewegt, als wir vorbeigefahren sind, muss was Schweres drin gewesen sein", sagt David. „Sah aus wie einer von diesen Leichensäcken", sagt Jo. „Wisst ihr, die Dinger, in denen im Krimi die Leichen abtransportiert werden. Dann ziehen sie über dem Kopf des Toten den Reißverschluss zu", Jo ahmt das Geräusch nach.

Anna schüttelt sich: „Jo, hör doch auf! Das ist gruselig."

David atmet laut durch: „Ich glaube, das Ding hatte so was."

„Was?", frage ich.

„Na, so einen Reißverschluss!", gibt David patzig zurück.

Anna stöhnt: „Oh Gott, was machen wir denn jetzt? Vielleicht liegt da wirklich einer drin."

„Nun beruhig dich mal, wir waren bestimmt nicht die Ersten, die da vorbeigefahren sind. Da hätte doch schon längst einer bei der Polizei Bescheid gegeben", sagt David und legt besänftigend den Arm um Annas Schulter.

Ich starre wieder aus dem Fenster auf die Straße. „Und wenn wir doch die Ersten waren? Vielleicht ist der Sack gerade erst dort hingelegt worden", werfe ich mit kühler Stimme ein.

„Ach was! Wer soll den denn da hingelegt haben?", gibt David unfreundlich zurück. Ich schaue in den Rückspiegel und sehe, wie er mich aus schmalen Augen anguckt, während er mit den Fingerkuppen der linken Hand sanft Annas Nacken krault. Ich wusste es.

„Na, vielleicht ist der ja auch buchstäblich vom Laster gefallen", sagt Jo. „Was für ein Fundstück!"

„Mann, Jo, das ist echt nicht lustig!", sagt Anna. Als ich wieder in den Spiegel schaue, glitzern kleine Tränen in ihren Augenwinkeln. Kein Wunder, dass man sie an der Schauspielschule mit Kusshand genommen hat. Im Rückspiegel sehe ich, wie Anna etwas zu zittern beginnt. Dann fragt sie, ob wir denn nicht doch die Polizei benachrichtigen sollten. Jo winkt ab. „Quatsch, da wird schon nichts passiert sein."

„Oh Mann, Jo. Ich hab dich ja lieb, aber deine Sorglosigkeit ist furchtbar", sagt Anna.

„Man muss sich ja nicht über alles immer die Birne zerbrechen", gibt Jo zurück und grinst.

„Ja, aber nun stell dir doch mal vor, da liegt wirklich einer drin und es steht morgen in der Zeitung oder so. Ich würde mir da sehr große Vorwürfe machen, wirklich", sagt Anna, während sie ihren Lippenstift hervorkramt. „Ich meine, man kann doch nicht immer an allem vorbei- oder ganz wegschauen. Das geht doch nicht", setzt Anna von neuem an.

„Ach Anna!", fahre ich dazwischen. „Bitte keine moralischen Vorträge. Wenn's dir so wichtig ist, nimm dein Handy und ruf die Polizei an. Mach's einfach und versuch nicht, das immer auszudiskutieren."

Ich merke, wie mich Anna ganz geschockt durch den Rückspiegel anschaut, den Lippenstift schon zum Strich auf der Oberlippe angesetzt. Langsam lässt sie ihn sinken und ich fühle mich mit einem Mal ganz schlecht. „Ey, was war das denn?", sagt David. „Schlechte Laune? Lass Anna doch ihre Meinung sagen, wird viel zu wenig über so etwas gesprochen." Ich drehe mich um und gucke ihn wütend an: „Kann Anna sich vielleicht selbst verteidigen oder machst du das seit Christiansand jetzt immer für sie?", blaffe ich ihn an.

„Geht's noch!" David hebt den rechten Arm, als wolle er mir eine runterhauen.

„Hey, hey, hey!", ruft Jo dazwischen. „Hört gefälligst auf, euch in meinem Wagen zu streiten. Das ist ein cooles und entspanntes Auto. Ende des Urlaubes, Mann, Mann, Mann! Was ist denn los mit euch?", sagt er und guckt ernst in den Rückspiegel.

Ich drehe mich wieder nach vorne, verschränke die Arme und schaue nach unten auf die Fußmatte. Immer wenn David eine Freundin hat, ist er wie ausgewechselt. Ich hasse ihn jedes Mal für seine Meinungslosigkeit. Er glaubt, ich sei einfach scharf auf ihn und wolle seine Beziehung kaputt machen. Jetzt geht es wieder los, denke ich und gucke zu Jo hinüber. Er nimmt die Hand mit der Zigarette vom Lenker und klopft sachte auf mein linkes Knie. Alles gut, soll das heißen. Fast brennt er ein Loch in meine Jeans. Jo kann diese Diskussionen auch nicht leiden. In Kristiansand war Anna so bekifft, dass sie anfing, moralische Predigten über Sachverhalte anzufangen, über die sie nichts wusste: Tierversuche, Gentechnik oder Pegida. Jo hat sie daraufhin in Grund und Boden argumentiert, weil er wie immer alles sehr viel besser und detaillierter durchblickt. Und außerdem besser mit Gras kann. Doch nachdem Anna erstmal angefangen hatte, hörte sie auch den Rest des Urlaubs nicht mehr damit auf. Marihuana hin oder her. Selbst Jo war irgendwann genervt. Das kommt selten vor. Jetzt zieht er sich bei jedem von Annas Diskussionsanflügen gleich zurück und überlässt sie ihrem gefährlichen Halbwissen.

Ich starre wieder durch die Windschutzscheibe. Blöder Leichensack, denke ich, habe aber ein flaues Gefühl im Magen. Vielleicht hat Anna Recht und wir sollten doch die Polizei verständigen?

Ein Holzpfahl kommt in Sichtweite. Ein Greifvogel sitzt darauf. Die Autos scheinen ihn nicht zu stören. Ein paar Kilometer weiter entdecke ich noch einen großen Vogel auf einem Pfahl und schließlich noch einen, der am Rande eines kleinen Wäldchens auf einem besonders hohen Pfahl Platz genommen hat. Jo erklärt, dass die Pfähle extra für Vögel aufgestellt wurden. So können sie die Mäuse im Feld besser beobachten und fangen. Dieses Bild, es erscheint mir unwirklich und wie ein mieser Trick. Diese stolzen, wunderschönen Vögel, die sonst in Baumhöhen thronen und in freier Wildbahn Mäuse und andere Tiere jagen – sie sind durch die Pfähle der Menschen an den Rand laut lärmenden Verkehrs gelockt worden, um die Felder mausfrei zu halten. Ganz ohne dafür entlohnt zu werden, stattdessen nur Abgase und Getöse. Sie gaben ihre Wildheit, ihre Freiheit für mehr Fressen auf den Feldern her, den Feldern an der Autobahn. Ein mieser Kompromiss.

Es ist still im Auto. Der Leichensack hat das Mensch-ärger-dich-nicht-Spiel und unser Gespräch sterben lassen. Zögernd werfe ich einen Blick in den Rückspiegel und entdecke, dass Anna und David Kopf an Kopf eingeschlafen sind. Es sieht so friedlich aus, wie sie da sitzen, doch ich weiß, dass das nicht gut gehen wird. Eine kleine Träne kullert mir über die rechte Wange und ich wische sie verstohlen weg. Ich will keine Kompromisse mehr machen. Nicht an der Uni Bücher wälzen, um dann zuhause zwischen Bücherstapeln zu versauern. Dieser Urlaub war auch so ein Kompromiss, ich hätte besser alleine wegfahren und neue Menschen kennenlernen sollen, statt mit drei Leuten zu verreisen, mit denen ich mich nicht verstehe. Die gehören auch zu diesen ganzen Kompromissen, um ja nicht einsam zu sein.

Ich greife in meine kleine Handtasche, ziehe ein Reclam-Heft hervor und schlage es auf. Als Jo mich vor meiner Haustür absetzt, verabschiede ich mich wortlos. Ob alles in

Ordnung sei, fragt Jo noch, doch da ziehe ich die Tür schon hinter mir ins Schloss. Die Plakate am Straßenrand, das unfreiwillige Fundstück mitten auf der Autobahn. Der Tod ist allgegenwärtig. Das hier ist der Tod von vier Freunden. Der Tod eines einzigen großen Kompromisses. Ich ziehe mein Handy aus der Jackentasche. Langsam lasse ich es wieder sinken und lege es auf den Nachttisch, dann strecke ich mich auf dem Bett aus und starre an die Decke. Das Handy klingelt. Zweimal Jo, einmal Anna. Ich denke an Wildvögel und Plakate an der Autobahn.

Begegnungen in der Bahn. Hitler in Lissabon

Begegnungen in der Bahn. Hitler in Lissabon

Die legendäre, antike Tram 28 fährt die beliebteste Route durch Lissabon. Der Himmel ist leuchtend blau, es weht ein leichter Wind, dennoch sind 37 Grad so leicht nicht abzukühlen. Die Touristen stehen gern lange, eine Stunde und mehr, für eine Fahrt an. Oder drängeln sich einfach vor. Ein kleiner Tumult am Einstieg wird in Kauf genommen. Die beste Startposition, wenn man einen Sitzplatz haben möchte, scheint die Station Martim Moniz zu sein. Die Bahn ist voll, ich finde einen Platz direkt am Einstieg, was sich als nicht vorteilhaft erweist. Menschen mit dicken Ärschen und Männer mit fetten Bäuchen hängen über mir. In dem Gewühl immer den Hinweis auf „Pickpockets", Taschendiebe, im Blick, Portemonnaie und Smartphone vorne in den Hosentaschen. „Vorsicht vor Tumult und Ablenkung!" Manche Menschen benötigen einfach viel Platz. Anfangs wehre ich mich noch, dann wird es richtig voll und völlig egal, welcher Körper sich wo befindet. Das eine oder andere dazugehörige Gesicht versucht ein Lächeln. Ein junger, bärtiger Typ setzt sich beim Drängeln in den hinteren Wagenteil kurz auf mein Knie, ich drücke ihn weg, er redet dann auf Portugiesisch auf mich ein, ich sage, er solle nicht auf meinem Knie sitzen. Ah, du bist Hitler, sagt er auf Englisch zu mir. Was, du bist ja Hitler. Er beugt sich weiter vor, beinahe über mich. Bist du Hitler, schreit er mich an. Ja klar bin ich Hitler und signalisiere ihm mit einer Handbewegung vom Kinn bis zu Bauchnabel, was für einen langen Bart sein Spruch hat. „Pickpockets" habe ich vergessen. Der Typ nervt. Was soll ich sagen? Salazar? Projektion des portugiesischen Faschismus auf mich Deutschen? Das war ich nicht, mit dem Dritten Reich? Mein Vater war im KZ? Kollektivschuld? Außerdem bin ich nie als Deutscher im Ausland unterwegs. Leck mich. Jemandem im Ausland eine reinzuhauen ist nur eine theoretische Option, auch wenn das ein starker Impuls ist. Außerdem wäre ich dann noch mehr Hitler. „Pickpockets! Nutzen den Tumult. Achten Sie bei Tumult auf Ihre Taschen." Ich könnte ihm erzählen, wie Hitler das rosa Kaninchen stahl. Vielleicht würde er sich dann beruhigen? Die Geschichte der Rettung einer jüdischen Familie, bei der lediglich das rosa Kaninchen der Tochter konfisziert wurde? Das wäre eine schöne paradoxe Intervention. Doch dann drängelt er sich über die Fahrgäste in der Reihe hinter mir. Selber Hitler. Er legt sich über ein japanisches Ehepaar und nervt mit Selfies, die er durch das geöffnete Fenster von sich schießt. Aufdringlich, stoßend, provozierend. Die nächste Haltestelle. Eine junge Frau mit rot lackierten Fingernägeln steht plötzlich neben mir und ist gleich wieder ausgestiegen. Die Bahn fährt an, dann Schreie hinter mir: „Driver, stop! Stop, stop!" Es sind die Japaner. „Driver, stop, they stole my money!" Der bärtige Hitler ist auch weg. Hitler hat den Japanern das Geld geklaut. „Pickpockets!"

A-Menor-Fado in São Luís im August

A-Menor-Fado in São Luís im August

Für das Gästebuch

São Luís ist etwa zwei Autostunden von Lissabon entfernt.
Ein kleiner, beschaulicher und künstlerisch ambitionierter
Ort im Alentejo, den man nach der Abfahrt von der
Autobahn über eine schmale, zum Teil hügelige Landstraße
erreichen kann. Eine Woche soll mein herbeigesehntes
Kontrastprogramm zu Lissabon und dem Lärmen der Welt
im Allgemeinen dauern. Ich bin ein ambivalenter Mensch,
der die Stadt liebt, fast jede Stadt, in der es Cafés gibt, der
die Ruhe braucht und jedes unnötige Geräusch hasst. Nicht
die unvermeidbaren Geräusche, wie die des Autoverkehrs
oder Vogelgezwitscher in den Morgenstunden. Aber das
unnötige Geschwätz, geducktes Telefonieren auf den
Straßen, die Selbstgespräche, die früher nur die leicht
Gestörten führten, laute Verabschiedungen mit Rufen und
Hupen sind unerträglich. Manchmal stört ein einzelner
geräuschvoller Mensch mehr als der Lärm eines landenden
Flugzeugs. Wenige Stunden dauert die Fahrt von der
Hauptstadt aus. Ich steige aus dem Auto, gehe über den mit
rotem Sand staubenden Parkplatz zum Gasthaus, setze mich
in einen Sessel auf der Veranda.
Die Ruhe fällt über mich her, fällt direkt auf mich drauf.
Mein Körper sackt in sich zusammen, der erste Gedanke an
eine Lähmung löst sich in Entspannung und Rührung auf.

Ich kann nicht erfassen, wie das geschieht. Wie ist es möglich, so zu empfinden? Wo komme ich her, dass ich diese Wirkung erfahre? Die Energie dieses Ortes ist einfach nur ein Wecksignal für alle Sinne. Als würden sich sämtliche Poren öffnen. Stille, wenn auch leise von Musik aus den Lautsprechern inspiriert, der Blick scheinbar endlos über einen Pool in die kleine Bergwelt, eher Hügel, in ein kleines Wäldchen hinein gerichtet, im Kontrast zur Autostraße, ein Kontrapunkt zu Lissabon und dem Leben an sich. Augenblicklich angekommen im „Naturarte" in São Luís.

Kann sein, dass ich jetzt mitten in einem Fado angekommen bin, ohne es zu wissen. Der Fado, der nationale Blues der Portugiesen, mit einem festen Rhythmus und einem Harmonieschema, ein melodisches Motiv mit leichten Variationen. Saudade. Leiden, Sehnsucht, Gefühle. Direkt an einem Ort, einem Platz in der Mitte dieses Liedes.
Möglicherweise ist hier ein solcher Ort, ein Ort als Part in einem Fado. Ein Fado menor, ein Fado in einem weichen Moll, in einem betont langsamen Tempo gespielt. Aus Lissabon habe ich bereits etwas mitgenommen von der „Saudade". Die Dichter, die Poeten. Sie lassen mich auch hier nicht los. Es ist so, als würden sie mich in diesen Raum einführen. Fernando Pessoa (einer der berühmtesten Poeten Portugals) inspiriert mich ebenso wie der Poet Sá-Carneiro mit seinem Gedicht Feminina: „Eu queria ser mulher pra me poder estender." („Eine Frau zu sein und mich neben meinen

Freunden räkeln zu können, mich zu schminken, tun, was ich will.") Florbela Espanca, die das Leben im Alter von 36 nicht mehr aushielt, würde vielleicht antworten: „Deixa dizer-te os lindos versos raros, que a minha boca tem pra dizer!" („Lass mich dir ein außergewöhnliches Gedicht vortragen, indem ich deine Lippen nicht geküsst habe!") Beide beschreiben intensive Gefühle in jungen Jahren und sind beide früh aus ihrem wilden und suchenden Leben gegangen. Berührend wie im Fado, der überwiegend das Leid, das liebevolle, sehnsüchtige Verlangen und auch den Zusammenhalt der Portugiesen zum Thema hat.

Fado wird am Abend tatsächlich zelebriert. Eine Improvisation im geräumigen Wohnzimmer eines wie ein großzügiges Herrenhaus wirkenden Gebäudes. Sessel, Daybeds und Sofas sind im Raum in einem Quarree verteilt. Antike Möbel, Kamin, Schreibtisch. Rui spielt Gitarre, gibt dem Ganzen die Basis, den Grundsound. Vorerst, denn wir warten auf den Solisten mit der zwölfsaitigen Fadogitarre, der Guitarra Portuguesa, die den Lead übernimmt. Zwei Fadosänger gesellen sich hinzu, gestandene Herren. Einer ist ein bescheiden wirkender Mann, kräftig, setzt sich neben den Gitarristen auf eine Couch. Der Herr auf der Couch beginnt unvermittelt zu singen, eine wohlklingende Zeile, sanft tönend, wird aber schnell vom zweiten Sänger unterbrochen, korrigiert. Dieser ist ein langer schmaler Mann mit geschwungenem, an den Enden spitzem

Schnauzer. Eine elegante Stimme. Ernsthaftigkeit hält Einzug. Der Takt wird vorgegeben, der Arm fährt auf und ab. Der Gesang wird vorgemacht. Der erste Sänger hat eine volle, angenehme Stimme, aber die ist vorerst verstummt. Der Schnauzbart ist vielleicht noch sicherer im Auftritt. Wie er erzählt, hat er 45 Jahre in Hamburg verbracht, Platten gemacht, Fado gesungen, Fado komponiert. Jetzt ist er Rentner. Sein Geschäft in der Eiffestraße hat er aufgegeben. Der erste Sänger ist auf dem Sofa etwas in sich gekehrt. Saudade? Er wirkt im Moment nicht glücklich. Es bleibt unklar, was er fühlt. Saudade passt zum Fado. Vielleicht konzentriert er sich? Für mich ist es im ersten Moment ungewöhnlich. Vielleicht ist es eine Form der Professionalität, sich im Gesang zu unterbrechen. Der Hamburger Portugiese singt, Rui, der Gitarrist, improvisiert. Sie üben einen Auftritt, müssen zueinanderfinden, aufeinander hören. Ein gegenseitiges, faszinierendes Suchen. Ein Geduldspiel, schöner als ein vollendetes Konzert. Ein Fado Vadio.

Der Sänger mit dem spitzen Oberlippenbart weiß, wo es langgeht. Er fühlt sich sichtlich wohl und wirkt wie in seinem Element. Ein Bassist trifft ein. Stimmt sein Instrument, eine klassische Bassgitarre, die Viola Baixo. Gitarre und Bass orientieren sich, stimmen in sich aber harmonieren noch nicht miteinander. Einen Augenblick scheint es, als würden sich die Instrumente dafür entschuldigen.

Eine Frau setzt sich still auf die Chaiselongue, quasi in die zweite Reihe, streckt sich aus, pudert sich das Gesicht. So hätte es Sá-Carneiro vielleicht gern gemacht, denke ich. Der traurige Poet. Ich glaube, er wäre gern eine Frau gewesen, wie er beschreibt, um sich zu pudern, mit seinen Brüsten zu spielen, den ganzen Tag über Mode und Gossiping zu reden und zu tratschen, alte Männer um Geld zu bitten.

Unvermittelt singt der Herr auf dem Sofa seinen Fado, ohne unterbrochen zu werden.

Die Frau auf der Chaiselongue richtet sich auf, singt jetzt ebenfalls, ist aber noch nicht eingesungen für diese Runde, ihre Stimme wird von dem Herrn mit dem Schnauzer würdevoll und zugewandt unterstützt. Er singt und dirigiert im Stehen. Die Spannung steigt. Es scheint mir so, als würde dieses Stück erst während der Vorführung geschrieben.

Drei schnell aufgestellte Stühle vervollständigen die Bühne. Während des Singens, Stimmens – Bass und Gitarre sind bereits schön beieinander – erscheint endlich die langersehnte zwölfsaitige Fadogitarre. Die Stimmung verändert sich schwingend mit ihrem Klang. Das Singen wird geübt. Wiederholt, korrigiert; die Instrumente finden sich. Jeder ist für sich erkennbar und dennoch im Einklang mit den anderen.

Der Fado wird schließlich komplett. Weitere Freunde treffen ein, Frauen und Männer verteilen sich im Raum, der nicht gedrängter wird, sich aber zu verdichten scheint. Eine

Gemeinschaft, die sich gut kennt. Es wird jetzt wunderbar konzertant. Ein hagerer Herr, spät eingetroffen, ebenfalls mit Schnauzer, jenseits der 70 vermutlich, gibt letztlich den Ton und vor allem den Takt an. Stolz, ernst, konzentriert, fast majestätisch. Die Hierarchie scheint jetzt klar zu sein. Der Fado füllt den Raum und lässt die Gesichter leuchten. Es sind glückliche Menschen.

Tauben töten

Tauben töten

An meiner Hand klebt noch der Staub der Akropolis. In der
Senkung zwischen Daumen und Zeigefinger, dieser weichen
Kuhle aus Haut, hängt er wie ein dünner grauer Vorhang. Es
war das erste Mal, dass ich dort hochgeklettert bin, zu
diesem Monument aus Marmor und Baugerüsten, aus
Touristen und Schweiß. Fünf Jahre ist es her, seit ich meine
Existenz in Deutschland aufgegeben habe und
hierhergekommen bin, um mir eine neue aufzubauen. Ich
dachte, wenn ich erstmal die Mesimeri, der griechischen
Siesta, miterleben könnte und um mich herum nur Sonne
hätte, würde mein Weltschmerz schon wieder vergehen.
Weggeküsst von der Wärme und endlosen Olivenhainen.
Also stehe ich seit fünf Jahren in einem Café in Athen, rühre
Eiswürfel in Cappuccino, Zucker in Espresso, blubbere
Milch zu Schaum und stelle alles in Rechnung. Ich sorge
dafür, dass keine Tauben auf den zurückgelassenen
Essensresten der Touristen landen und die Einheimischen
jeden Abend ihren Raki bekommen. So lange schon mache
ich das schon, jeden Tag. Und doch bin ich kein einziges
Mal zur Akropolis hinaufgestiegen. Ich verabscheue dieses
Wahrzeichen. Es steht für den Stolz Griechenlands genauso
wie für seinen Untergang. Diesen verletzten Stolz, mit dem
die Damen am Einlass jede der viel zu teuren Karten über
den Scanner ziehen. In der Hoffnung, dass dies genug
einbringt, um die Restaurierung des Monuments doch

irgendwann wieder aufnehmen zu können und endlich die hässlichen Baugerüste abzumontieren. Doch im Moment ist alles stillgelegt. Ganz Athen ist stillgelegt. Das Einzige, was sich noch bewegt, sind die Polizisten, die an jeder Ecke Spalier stehen. Doch sie sind mürbe geworden. Sie marschieren nicht mehr, sie stehen und gähnen, kontrollieren die Straßen nur noch mit an einem Punkt stehenbleibend mit ihren Blicken nach möglichen Aufständen. Aber auch die sind stillgelegt.

Zu Beginn dieses Sommers bewegten sich noch einige Tauben und flatterten über die Sonnenschirme der Restaurants hinweg. Nun sind sie einfach verschwunden. Manchmal fragt mich ein Einheimischer, ob ich sie gesehen hätte, und dann zucke ich bloß mit den Schultern. Ich weiß auch nicht, wo sie hin sind. Aber ich weiß, warum sie weg sind … Als vor ein paar Jahren die ersten Griechen auf die Straße gingen, als die ersten Plakate mit deutschen Politikern hochgehalten wurden und ihnen der Tod gewünscht wurde, hatte ich einfach nur Angst. Ich hatte Angst, meine Herkunft könnte dazu führen, dass ich davongejagt werde. Dass mich irgendjemand mit einem Politiker verwechselte. Ich hielt die Luft an, doch nichts dergleichen geschah.

Als ich nichts mehr von meinem Bankkonto abheben konnte, schrie ich die ganze angehaltene Luft wieder hinaus. Die Stadt befand sich in einem Schockzustand. Ich und die anderen, wir waren wie eingefroren und damit auch all die großen Pläne und Träume. All das Geld, das ich gespart hatte, war nicht mehr greifbar. Ich hatte kein Eigenkapital, keine Grundlage, um einen der Kredite aufzunehmen, die hier sonst so leicht zu bekommen waren. Von denen fast jeder einen laufen hatte und die wahrscheinlich zu den Gründen zählten, warum es zum Stillstand kam, zum Zusammenbruch und zum Wegbleiben der Tauben.

Wo noch vor kurzem jeder seinen Traum für erfüllbar gehalten hatte, klaffte nun ein großes Loch. An dem Tag, an dem die Bank mein Konto für sich behielt, weil zu viele Leute zu viele Schulden gemacht und zu viele Leute Steuern hinterzogen hatten, wurde in meinem Kopf alles schwarz. Ein Zucken ging durch meinen Körper und ich spürte den Weltschmerz stärker als je zuvor. Er war jetzt ein Weltschwarz. Auch noch, als ein paar Tage später das Konto wieder meins war.

Ein kleines Café sollte es werden, irgendwo abgelegen, vielleicht sogar auf einer der Inseln, direkt am Strand. Weiße Wände, blaue Fensterläden, so wie all die Häuser auf den Inseln aussehen. Ein kleines Café mit feinem Kuchen, eine Spezialität, für die die Leute extra dorthin kommen. All die Jahre hatte ich jedes Trinkgeld, jeden Cent auf dieses Konto eingezahlt und eisern gespart. Im Gegensatz zu manch anderem hatte ich immer brav meine Steuern gezahlt. Und trotzdem war es nun weg, mein kleines Café, weil auch ich diese Staatspleite mitzutragen hatte. Weil auch ich eine Einheimische war.

Aber an diesem Tag ahnte ich, dass mein Weltschmerz in keinem Land der Welt einen Platz haben würde. Dass ich in jedem Land und seinen Städten, Dörfern, Inseln und Vororten die Fehler aller mitzutragen hatte. Dass ich mich nicht aus der allgemeinen Verantwortung und schon gar nicht aus der mir selbst gegenüber ziehen konnte.

Ich ahnte, dass es in meinem Leben nicht einfach nur um Kredite, Sonnenschein und Mesimeri gehen konnte. Doch diese Ahnung, ich wusste nichts mit ihr anzufangen. Ich stand genauso still wie all die anderen. Wie all die Griechen, die weiter entfernt von einer Ahnung waren als ich und aggressiv gegen die Vereinnahmung ihrer Gelder protestierten. Unter lautem, hitzigem Gebrülle und mit Schlachtrufen zogen sie durch die Straßen, nur ich saß zitternd auf meiner kleinen Couch, hatte die Vorhänge zugezogen und wusste nicht, wohin mit mir. Ab und zu krachten Steine gegen die Hauswand oder ein brennender Gegenstand flog an meinem Fenster vorbei und erhellte das Zimmer für wenige Bruchsekunden. Einer kam auf dem Balkon zum Liegen, explodierte noch kurz und klein, bevor er endgültig erlosch.

Das war der erste Morgen, an dem keine Taube meinen Balkon besuchte, mir beim Frühstücken zusah und dem Tag entgegengurrte. Auch wenn ich ihr Herumlungern in den Restaurants und Cafés, ihre Aufdringlichkeit, sobald es ums

51

Essen ging, verabscheute, fehlte mir ihre Gegenwart. Nach dem einsamen Frühstück begab ich mich vorsichtigen Schrittes zu dem Restaurant, in dem ich mich hatte einstellen lassen. Auch wenn nach den Aufständen nicht klar war, ob wir öffnen können würden, wollte ich wenigstens nach dem Rechten sehen. Dabei kam ich an einem Park vorbei, unten, am Fuße der Akropolis, in dem sich zur Mittagszeit die Tauben in den kühlen Schatten der vielen Bäume legten und auch ihre Nächte verbrachten. Eine Gruppe der Aufständischen musste Molotow-Cocktails gebaut und sie in die Vogelscharen geschleudert haben. Überall wehten Federn umher. Zwischen Laub und kleinen Ästen lagen feine Krallen und weitere Taubenteile. Kein einziger Vogel gurrte mehr. Auch später nicht, als ich am Parlament entlanglief, wo es sonst vor Tauben nur so wimmelte wie auf dem Markusplatz in Venedig. Der eiserne Zaun war bloß von einem Dutzend scheu glucksender Tiere besetzt, die sofort die Flucht ergriffen, als sie mich kommen sahen. Diese sonst so menschenbezogenen Tiere. Die nichts mehr liebten als uns, unseren Müll und unsere Essensreste, für die Athen das reinste Paradies sein musste: Sie hatten es verlassen. Würde jetzt jemand nach Athen kommen und sagen, die Stadt sei voller Taubendreck, der hat sie nie vor diesem Anschlag gesehen.

Ich war ebenso verletzt und misstrauisch geworden wie die Tauben, und doch blieb ich noch eine Weile. Ich begann, die Veränderung wahrzunehmen, die mit dem Tod der Tauben kam. Die billigen Cafés und Fast-Food-Ketten, die auf kaputten Straßen gebaut wurden und die Randgebiete der Stadt prägten. In denen die Einheimischen saßen und aßen, weil es das günstigste Angebot war. Nur die Touristen kamen noch zu den gehobenen Restaurants und unserem Restaurant in der Altstadt, so lange zumindest, wie die Polizisten in den Straßen standen und ihnen ein Gefühl von Sicherheit gaben. Ein Gefühl, das mir mittlerweile gänzlich fehlte.

Heute habe ich mein Konto leergeräumt, bin zur Akropolis hochgelaufen und habe mir eine Zitronenlimonade im Plastikbecher geholt. Mein Chef hatte mir erzählt, dass oben vor dem Zugang Zitronenlimonade auf Eis im Plastikbecher für vier Euro fünfzig verkauft wird. Die Touristen fühlen sich wohl, das Geschäft brummt und der Inhaber der Brausebude fährt mittlerweile mit einem der neueren BMW-Modelle durch Athen. Dann habe ich mir für zwölf Euro eine Eintrittskarte gekauft und von der Dame am Zugang entwerten lassen. Die Sonne brannte mir auf die Stirn, mein Atem wurde mit jedem Schritt flacher, den ich auf die riesenhaften Marmorsäulen zumachte. Ich sah auf meine Füße, um nicht auf den spiegelglatt gelaufenen Stellen auszurutschen, die zwischen dem rauen Beton am Boden hervortraten. Die Gerüste ragten in das Monument hinein, kein einziges schönes Foto ließ sich hier machen. Ich begann das erste Mal nach mehreren Jahren in derselben

Hitze wieder in Strömen zu schwitzen. Schnell kehrte ich um. Beim Abstieg, die Treppe wieder hinunter vom einstigen Stolz einer Nation, musste ich diesen Staub abbekommen haben.

Ich drehe die Hand im Sonnenlicht, das durch das kleine Flugzeugfenster auf meinen braunen Arm scheint. Der Staub, er fällt wie der Vorhang eines antiken Theaters. Ich hole die Kamera aus meinem kleinen Rucksack, dem einzigen Gepäckstück, das ich mitgenommen habe, und halte dieses Bild fest. Dann sehe ich hinunter auf die vorbei fliegenden Olivenbäume, das dunkelblaue Meer und dann kommen die vielen vorbeisausenden Häuser in Sicht. Als das Flugzeug landet, ist es kurz vor sechs. Über der Drehtür am Ausgang des Flughafens sitzen gurrend ein paar Tauben.

Der Bestattermeister

Der Bestattermeister

Gelegentlich treffen sich die Zeit und der Tod im Raum der Zeit zu einem Gedankenaustausch. Sie sind in dem Raum der großen Einsamkeit bereits durch Millionen von Jahren verbunden. Wie so oft streiten sie sich auch heute wieder. Streiten sie sich wie bei der Frage, was zuerst da war, vor dem Leben auf der Erde. Belustigt gehen sie der Frage nach, wer zuerst da war. „Ich natürlich", sagt der Tod, „denn ohne den Menschen mit seiner Angst vor mir gab es überhaupt kein Bewusstsein von Zeit."
„Du bist lediglich mein Gehilfe, Tod. Ohne eine Zeit, die im Denken der Menschen vergeht, gäbe es dich nicht. Hätten die Menschen nicht ein Bewusstsein von ihrer Endlichkeit, wärest Du ihnen gleichgültig."
„Nun, so einfach ist das nicht. Vielmehr ist es genau andersherum. Da du aber gerade das Thema Gehilfe ansprichst: Ich habe viele Gehilfen. Vertrauenspersonen und schwarze Schafe. Ich denke über eine weitere Professionalisierung im Umgang mit mir nach. In Hamburg habe ich meinen ersten Bestattermeister bekommen."
„Der hat doch mit dir gar nichts zu tun, Tod."
„Ich bin seine Geschäftsgrundlage."
„Nur vorübergehend, für eine Weile."
„Für immer."
„Alles löst sich auf, nur ich nicht. Ich werde noch da sein, wenn du tot bist."

„Ich werde niemals sterben."

„Doch, wenn alle Lebewesen gestorben sind, die Erde verglüht ist, dein Werk vollendet ist, wird es dich nicht mehr geben, du wirst mit untergehen. Genaugenommen wahrscheinlich schon früher, weil die Tiere noch leben werden, wenn die Menschheit ausgestorben ist. Keiner wird dich fürchten, weil die Tiere ihre Sterblichkeit nicht verstehen. Ich allein bleibe in meinem weiten Raum, denn ich werde noch lange gebraucht."

„Das ist mir zu philosophisch."

„Du fürchtest dich vor dir selbst, scheint mir."

„Dieser Zeitpunkt ist weit weg, wenn überhaupt, hypothetisch. Die Menschen werden andere Planeten erobern. Aber lass uns noch ein wenig die Erde genießen. Meine Zeit mit meinen Bestattern."

„Die sehen dich doch gar nicht. Wenn sie kommen, bist du doch schon wieder weg."

„Manche spüren mich noch, jedenfalls tut ein guter Bestattermeister das. Wie der aus Hamburg."

„Ein Profi auf seinem Gebiet, bestens ausgebildet."

„Ich habe ihn ausgesucht. Eigentlich wollte er Arzt werden. Ich habe ihn eingeladen, sich das Bestatterhandwerk anzusehen. Ein harmloses Praktikum. Er konnte nicht Nein sagen."

„Dennoch: Persönlich sieht er dich nicht."

„Gut, dann mein Werk. Ich will heute nicht streiten, das hasse ich auf den Tod. Ich kann einiges bieten, sehr flexibel sein. Einzelne im Schlaf, im Auto im Sekundenschlaf, eine schöne, sehr angenehme Variante. Feuer schicke ich manchmal. Oder ich vernichte viele Menschen auf einmal. Das brauche ich dir nicht zu beschreiben. Massen sind auch nichts für meinen Bestattermeister. Aber du kennst ja die sogenannten Zeit-Schleifen und meine ertragreichsten Arbeiten. Man sagt, mit der Zeit wiederholt sich alles. Oder: Mit der Zeit wiederholt sich die Geschichte."

„Nein, nein, wie langweilig. Das bist nicht du, das bin ich. Du kannst nichts wiederholen. Ich muss mich auch nicht wiederholen, das sagte ich doch bereits. Ich bin immer überall, du kannst, wie in der Achterbahn, mit mir oder durch mich zu jedem Zeitpunkt reisen. Das Licht der Sterne hat an jedem Punkt der Reise durch das Weltall eine andere Zeit. Die Menschen lassen mich wiederkehren. Ich werde gemessen, gezählt. Beginne täglich von vorn. Für Menschen unfassbar. Obwohl sie doch die Ewigkeit wollen! Sie wollen ihre Asche als Edelstein gepresst. Meinetwegen als Diamant. Das hast du mir selbst berichtet, lieber Tod. Der Bestatter macht es möglich. Es ist nicht überall erlaubt, aber es ist durchfürbar. Als Diamant in die Ewigkeit. Die Ewigkeit, das bin ich, nicht du. Ich lasse dich lediglich in mir auftreten. Ohne mich bist du gar nicht anwesend. Würde es mich nicht geben, bliebe nur ein Universum, ein Raum. Erst durch mich wurde er schließlich gekrümmt. Ich kann Zeitloopings gestalten, das Universum als Nussschale gestalten. Ich kann die Menschen gegen mich kämpfen lassen. Sinnlos, übrigens. Sie versuchen ihr Leben zu verlängern und denken in der Kategorie der Zeit. Wie absurd. Am Ende stehst du. Den Menschen wird einfach langweilig, sie erdenken totalitäre Systeme, mit vielen Toten, dein Feld, sodass die Masse an Bedeutung verliert. Es ist also eine Frage der Betrachtung."

„Das bin ich auch, eine Frage der Betrachtung. Es ist, wie du sagst, ein gutes Stichwort. Ich empfinde mich als unentbehrlich. Nicht alle teilen meine Meinung. Auch für meinen Bestatter Tobias stellt sich die Frage der Betrachtung. Für ihn bin ich eine professionelle Begegnung. Wie schon gesagt, begegnen wir uns nicht wirklich. Aber er begegnet den Angehörigen der Verstorbenen und spricht mit ihnen über mich. Das ist doch beinahe so, als wäre ich dabei. Also, der Bestatter hat es nicht mit dem Tod, mit mir, sondern mit den Angehörigen zu tun."

„Vielleicht kannst du ein schöner Tod sein! Mit deinem Bestatter. Sieh, wie angenehm er sein Geschäft gestaltet. Du kommst durch eine gläserne Eingangstür, die Räume dahinter sind lichtdurchflutet. Setzt dich in einen bequemen Sessel, Kaffee wird dir auf einem Glastisch serviert. Es ist sehr angenehm für die Hinterbliebenen. Du bist schon fort, oder bist du manchmal noch da?"

„Ich bin genauso universell wie du, liebe Zeit, ich kann mit dir überall sein, wie gesagt gleichzeitig, ein unsinniges Wort, ja, ja. Aber ich folge dir einmal in deinen Ausführungen. So genau habe ich mir noch gar nicht alles

59

angesehen. Es gibt natürlich Momente des Bedauerns, kurz. Manchmal passe ich nicht auf. Ich muss ja liefern, wenn die Menschen zu viele Kriege führen. Da kann es schon einmal zu Irrtümern im Alltag kommen."

„Nehmen wir doch einmal den Alltag in diesem Hamburg da. Genießt du die angenehme Atmosphäre? Freut es dich, dass du die Hauptrolle spielst?"

„Nur der erste Schreck sichert mir die Hauptrolle. Der Schreck, den ich auslöse. Dann sind es der Bestatter und die Hinterbliebenen, die wichtig werden und den Tod, wie sie sagen, bewältigen müssen. Ich bin nicht mehr wichtig, denn ich habe nur kurz vorbeigeschaut oder gar nur meinen Hauch gesandt. Im Wesentlichen gebe ich den Menschen den Sinn für ihr Leben. Dafür könnten sie mir dankbar sein. Das fällt ihnen schwer, ich weiß. Aber ich finde es begrüßenswert, wenn sie den Abschied aus dem Leben gefühlvoll und professionell gestalten."

„Sag mal, hörst du das auch?"

„Was meinst du?"

„Hört sich an wie das Klappern einer Tastatur. So, als würde jemand mitschreiben."

„Jetzt, wo du es sagst."

„Wahrscheinlich jemand, der Angst vor dir hat, Gevatter."

„Lass uns doch zu ihm gehen!"

„Du besser nicht, Tod. Du kannst nicht einfach so vorbeikommen."

„Mache ich manchmal, muss nichts bedeuten."

„Aber du erschrickst die Leute."

„Das verändert ihr Leben häufig positiv."

Nach einer kurzen Pause: „Hallo, ist da jemand?", lacht der Tod, ohne eine Antwort zu erwarten. „Ich bin der Tod, ich kriege dich sowieso." – „Mit der Zeit an seiner Seite, das bin ich", stimmt die Zeit ein. „Mit der Zeit wirst du dich zeigen, beizeiten sozusagen." Nun lacht auch die Zeit. Es ist eher ein Kichern.

„Was machen wir denn nun mit dem, der da schreibt?"

„Lass ihn schreiben."

„Was schreibt er denn da?"

„Wahrscheinlich ist er neugierig und findet unser Gespräch interessant. Erweitert seinen Horizont. Hat Angst vorm Sterben, was weiß ich."

„Angst vorm Sterben, das ist es; präzise. Nicht Angst vor dem Tod."

„Er interessiert sich vielleicht für meine Unendlichkeit, sucht die Weite, eine Perspektive, die kommt, wenn du da warst. Es ist doch besser, als würde er mich einfach totschlagen. Vielleicht muss er schreiben, wie die Zeit vergeht, weil er sich sonst verliert. Und für ihn haben unsere unendlichen Dimensionen, Zeit und Tod, eine viel, viel kürzere Spanne als für uns. Genaugenommen vergehe ich ja nicht. Ich werde nicht älter, bin nur unterschiedlich alt. Alles eine Frage der Perspektive. Ich denke, er interessiert sich für mich."

„Wenn er älter wird, wird er sich für mich interessieren",
lächelt der Tod überzeugt. „Ich bin viel realer als du. Ich bin
die Wirklichkeit. Ein Ende. Ein Finale. Ich bin sicher, er will
alles über mich wissen." Er schwingt sich als Lufthauch
durch den Raum und schwebt auf den Vorhang zu, hinter
dem der Schreiber sitzt. „Er träumt, scheint mir." Beide
schweigen eine Weile und lauschen den Tasten.
Der Tod wird ungeduldig. „Er könnte mich doch direkt
fragen, anstatt heimlich mitzuschreiben."
„Ich fürchte, du bist kein angenehmer Gesprächspartner für
den Menschen da."
„Welch ein Irrtum! Ich erkenne ihn. Er ging heimlich zu
meinem Bestatter; leider konnte ich nicht direkt dabei sein."
„Lass uns zum Bestatter gehen, ich fühle mich so wohl da.
Ich zeige dir was."
Sie zoomen sich in das Harburger Bestattungsinstitut.
„Lass uns doch einmal eine Trauerrede lesen, um ein Gefühl
für seine Einstimmung zu bekommen. Unser Bestatter ist
doch selbst noch so jung und lebensfroh. Er singt im Chor,
Tenor. Immer gut aufgelegt, aber auch nachdenklich. Sieh,
er ist gerade gekommen."
„In diesem lustigen T-Shirt?"
„Warte, gleich schlüpft er in seinen Anzug, mit Fliege."
„Überzeugend. Welche Frau sagt da nicht: Ich würde für ihn
sterben."
Der Tod blickt die Zeit zweifelnd an: „Das hätte ich jetzt
nicht von dir erwartet."

„Tja."

„Er ist ein Profi. Er macht seine Arbeit. Hat schon Erfahrungen mit Angehörigen, seine Tante ist neulich gestorben, er hat selbst bereits Bestattungen durchgeführt. Er sieht den Tod manchmal auch als Erlösung. Beispielsweise für die Angehörigen, die jemanden 15 Jahre lang gepflegt haben. Ein weiteres Beispiel ist eine Frau, die ihren dementen Mann immer mit auf Schiffsreisen begleitet hat. Mit Ende 60. Leider sieht er mich als Abschluss. Danach gibt es nichts für ihn. Nicht die Toten sind seine Kunden, sondern die Angehörigen. Es geht um die hygienische Grundversorgung, mal einfach gesagt. Besonders schlimm ist es, wenn ein Kind tot geboren wird."

„Wie findet er denn dann tröstende Worte?"

„Oh, sehr schön. Hör einmal hinein. Spul mal zurück auf 2012, was er da gesagt hat über einen jungen Mann, der mit 22 verunglückt ist."

„... *Ich soll eine Trauerrede halten über einen jungen Mann, der plötzlich aus dem Leben gerissen wurde und nur wenig jünger war als ich selbst. Was soll ICH Ihnen da sagen oder raten können? Ich weiß selbst nicht, wie sich das anfühlt, das eigene Kind, den Bruder, den Partner oder guten Freund zu verlieren. Sie fragen sich immer wieder: warum? Warum war er in diesem Moment dort? Warum ist es so gekommen, wie es gekommen ist? Auf diese Fragen kann uns niemand eine Antwort geben. Nicht heute, nicht morgen, auch nicht in ein paar Jahren.*"

„Jetzt macht er eine Pause und blickt die Angehörigen an. Und jetzt, diese Stelle gefällt mir besonders ..."

„Keiner weiß, wohin unsere Lebenswege uns führen und wie unser großer Lebensplan aussieht. Niemand kann bei unserer Geburt voraussagen, was uns in unserem Leben widerfahren wird, denn jedes Ereignis, jede kleine Facette unseres Lebens hat ihre Zeit."

Der Tod stößt die Zeit an. „Und jetzt."

„Alles hat seine Zeit! Lachen und Weinen, Glück und Trauer, Freude und Leid, Lieben und Loslassen ... Gestehen Sie sich und Ihrem Gegenüber die Trauer ein, geben Sie Ihren Gefühlen Raum und die Zeit, die Sie brauchen."

Sie gleiten durch die Räume. Der einladende, freundliche Eingangsbereich, die verschiedenen Zimmer in unterschiedlicher Größe. Begutachten die Urnen in den Regalen, schnüffeln an den Kerzen. „Schau hier: ein Bildband – wie ein Urlaub, wie ein Fest."

„Das Sterbezimmer ist für den Bestatter eine Gefühlswelt. Eine Drehbühne, wie im Theater. Vom Erleben des Todes in eine Zukunft voller Hoffnung gedreht. Es soll helfen, mich, den Tod, zu akzeptieren. Und ob es ein Leben nach dem Tod gebe? Das ist die immer wiederkehrende Frage, die hier gestellt wird. Nach mir? Ha. Aber Spaß beiseite. Ich bin ja kein Zyniker oder Sarkast. Ich bin neutral, ja, vielleicht ist das die richtige Beschreibung. Aber ein Leben, nachdem die Menschen gestorben sind? Dazu äußere ich mich nicht. Damit würde ich nur Chaos auslösen. Vielleicht würden sie den Respekt vor mir verlieren? Das Wissen um den eigenen Tod ist ja, wie gesagt, ein Privileg des Menschen. Manchmal lasse ich die Menschen durch die Luft fliegen, wenn sie tot waren und doch wieder ins Leben zurückkehren. Du weißt schon, Nahtoderfahrung. Ob es ein Leben nach dem Sterben gibt, müsstest du, Zeit, doch auch wissen." „Das erschließt sich mir nicht, dafür bin ich einerseits zu dehnbar, andererseits recht komprimiert. Da ist so viel Universum dazwischen, dass ich mich um solche Kleinigkeiten nicht kümmern kann."

Die Zeit dehnt sich ein wenig aus und lässt den Tod auf einen kleinen Punkt im Universum schrumpfen, um dann unvermittelt die Größe einer Nussschale einzunehmen. Der Tod wartet lächelnd den kleinen Moment ab. „Während wir hier sitzen, bin auch ich überall unterwegs. Bei Menschen, die mich wirklich jeden Tag bewusst oder manchmal auch abgestumpft vor Augen haben: in Syrien, im Irak, in Afghanistan, in vielen Ländern Afrikas, in der Ukraine, jede Sekunde. Alltag eben. Aber hier bin ich unerwünscht, man will mich hier nicht sehen, hier habe ich normalerweise keinen Alltag. Umso mehr freue ich mich über den Bestattermeister. Die Tastatur klappert im Hintergrund. Was schreibt er? Aha, alles, was der Bestatter, so sagt: ‚Es gibt auch den Nasenfaktor. Einen Ekelfaktor. Zum Beispiel Eiter, das stinkt fürchterlich. Ein sehr unangenehmer Geruch. Und wenn das Blut läuft – das ist auch unangenehm. Blut muss gestoppt werden, das wissen die meisten nicht.

65

Gewöhnungsbedürftig sind auch obduzierte Menschen. Dann die Dicken. Die sind natürlich schwer und quellen auf. Quellen auf, wässern durch das Fettgewebe, durch die Haut. Man kann sie schwer umlagern. Ich habe einmal einen Verstorbenen betreut, der wog 280 Kilogramm. Ein normaler Sarg ist 60 Zentimeter breit. Bei 280 Kilogramm benötigt man ein Doppelgrab. Ungepflegte sind eine Belastung der Sinne.

Einmal sei ihm der Griff von der Urnenhalterung abgebrochen, als er die Asche aus dem Krematorium einfüllen wollte. Die Asche ist rausgerieselt und musste weggefegt werden. ‚Sieht aus wie grober Sand.‘ Wer will das schon so genau wissen?" Der Tod kneift die Augen zusammen.

„Die Menschen schauen gern in etwas, was weiter weg scheint", meint die Zeit. „Sterne zum Beispiel. Oder überhaupt, das Weltall, das lieben und fürchten sie. Dabei vergessen sie häufig, dass die Erde mittendrin ist. Mitten in einer Illusion. Von mir geschaffen. Was für sie Milliarden Jahre entfernt scheint, ist doch jetzt da und vergeht nicht. In Wirklichkeit fällt die Gegenwart mit der Vergangenheit ja in der Gegenwart, in mir sozusagen, zusammen."

Der Tod nickt. „Also wird man geboren und ist doch gleichzeitig bereits tot. Aber für meinen Bestatter ist das anders, wie für alle Menschen. Allerdings ist er spezieller. Vorbereitet. Jedenfalls beim Tod anderer seiner Gattung. Also, ich schätze mal, so einmal am Tag. Pro Arbeitstag.

Sagen wir, 300 Tote im Jahr. Das ist doch zu bewältigen."
„Er hat doch nicht direkt mit dir zu tun, Tod", wendet die
Zeit ein.
„Richtig. Die Toten sind ja schon verstorben, wenn sie zu
ihm kommen oder er sie abholt. Es sind also ‚Verstorbene'."
Sie schweigen eine Weile. Leise, ganz leise, hören sie das
Geklapper der Tastatur. Sie schauen sich an und lächeln. Der
Tod beugt sich zur Zeit hinüber. „Dieser Schreiber da. Der
Bestatter hatte extra einen Verstorbenen in der Kühlkammer
aufbewahrt. Harmlos und längst von mir verlassen. Obwohl
ich bereits weg war, hatte er sich nicht getraut, den
Verstorbenen gemeinsam mit dem Bestatter in den Sarg
umzubetten. In dem Arbeitsraum mit den Kühlkammern
sträubten sich seine Nackenhaare, glaube ich, könnte sein.
Dabei war der junge Mann, der Tobias, ganz in meinem
Sinne professionell."
Der Tod schaut zum Schreiber hinüber. Er weiß, dass ich
immer da bin, denkt er. Sehr sinnvoll, sich Gedanken zu
machen. Ich habe ihn ja schon kurz mal angesprochen, nun
gut.
„Ein junger Mann als Bestatter. Wie schön. Aber muss man
dich nicht selbst ein wenig mehr erfahren haben?"
„Nein, nein, ich bin ja weg, sagte ich doch vorhin oder
gerade. Wo sind wir eigentlich zeitlich? Ach, ist auch egal.
Ich bin weg, wenn meine Finalisten im Bestattungsinstitut
ankommen. Es geht um die Hinterbliebenen und den
respektvollen Umgang mit ihnen. Man muss herausfinden,

wer der Verstorbene war, was die Angehörigen wünschen. Die richtigen Fragen stellen. Er war ja erst Praktikant. Mir hat seine Haltung und seine Klarheit gefallen. Er wollte nämlich ursprünglich Medizin studieren und sich nur mal eine Leiche anschauen. Einfach mal testen sozusagen. Er fand es dann eine schöne Aufgabe, die Körper herzurichten. Rasieren, schminken.

Vorher waschen, die Augen aufpeppen. Es läuft ja alles aus dem Körper heraus, die ganzen Säfte und Flüssigkeiten, Wasser. Da braucht es dann schon Kontaktlinsen für einen schönen Blick. Es sieht in der Tat ähnlich aus wie in einem Operationssaal. Pinzetten, Scheren. Er hat dann seine Ausbildung zur Bestattungsfachkraft absolviert und dann seinen Meister gemacht. Eigentlich kann jeder sich einen Gewerbeschein holen und Bestatter werden. Aber er war der erste Bestattungsmeister in Hamburg."

Die Zeit blickt den zufrieden wirkenden Tod an. Sie überlegt, ob sie sich eine Weile in den Andromedanebel zurückziehen oder sich noch einmal die Beerdigung Mozarts im Massengrab anschauen soll. Vielleicht gleichzeitig mit der Bestattung von General Franco. Aber nein, hier geht es ja um Normalsterbliche. Zunehmend konstatiert sie, dass der Tod anfängt, sie zu langweilen. Nicht mit seiner Bestattergeschichte. Sondern mit seiner Selbstzufriedenheit. Ich könnte ihn ein wenig ärgern und fragen: Und was ist eigentlich mit Gott? Aber das wäre eine Nummer zu groß für den Tod. Als hätte er die Gedanken der Zeit erhört, sagt er: „Um Gott macht sich der Bestatter wohl keine Gedanken. Der ist ganz professionell. Da er die Toten nicht kennt, reagieren auch seine Spiegelneuronen nicht. Er organisiert den Ablauf, stellt sein Sortiment vor. Die verschiedenen Urnen, Farben, Bio-Urnen, Urnen-Bausätze und Bio-Särge. Der spezielle Swarovski-Sarg mit einem herausnehmbaren Kristall in der Mitte. Einmal hatte eine Putzfrau einen Swarovski-Sarg abgestaubt und der nur eingelegte Kristall fiel dabei herunter. Sie hat den dann mit Sekundenkleber festgeklebt. Damit war der Sarg unverkäuflich. Aber auch das klassische Eichenprogramm geht gut. Die Mini-Urne für zuhause ist beliebt. Oder das Amulett oder einen Stein als ein Schmuckstück. Aus dem Kohlenstoff kann ein Diamant hergestellt werden. Das geht allerdings nur über den Umweg in die Schweiz.

Eine schöne Erinnerung. Und die geschmackvollen Trauersprüche: ‚Du wirst uns fehlen', du kennst ja diese Verse. Der Bestatter macht nur seinen Job. Der Tod ist ein beständiger Begleiter des Daseins. Wie ich weiß, hat er persönlich noch nicht viele Todesfälle in seiner Familie gehabt. Bei einer Tante hat er selbst die Bestattung durchgeführt. Habe ich schon berichtet. Für die war ich eine Erlösung, das möchte ich betonen. Sieh, der Schreiber hat dokumentiert: Viele haben Angehörige gepflegt. Bis zu 15 Jahre lang, 24 Stunden am Tag. Eine Frau, jetzt um die 60, hat ihren pflegebedürftigen Mann mit auf Schiffsreisen genommen – ohne zu wissen, ob der das noch mitbekommt. Es gibt auch gute Phasen mit Sterbenden."

„Manchmal dauert es aber auch für die Angehörigen zu lange".

Das finde ich jetzt etwas sehr verkürzt. Liebe Zeit, das haben wir doch schon festgehalten: alles eine Frage der Betrachtung, oder? Gut, für den Bestatter hilft es, die professionelle Distanz zu bewahren. Aber jetzt muss ich mich erst einmal verabschieden, die Arbeit ruft."

Die Zeit schweigt, dehnt sich aus, zieht sich wieder zusammen, um dann eine Weile stehen zu bleiben. Der Bestatter bekommt zu tun. Der Tod bringt Arbeit. Ein neues Werkstück, ohne persönliche Bindung. Ab in den Außendienst. Meistens ist unerheblich, wer der oder die Verstorbene ist. Hygienische Grundversorgung, das normale Programm. Er hält es mit Freud. Die Trauer ist die Reduktion auf einen Menschen oder eine Sache, man darf das nicht so verbissen sehen. Egal wie die Menschen gestorben sind, wie unterschiedlich der Tod zugreift, es gibt für ihn keinen Unterschied. Deshalb kann er nicht mittrauern. Aber er ist emphatisch, was ihn auszeichnet. Morgen würden die Angehörigen kommen, der Bestatter würde ihnen zuhören, sie befragen, das Leben des Verstorbenen verstehen wollen. Sein Werk: die Angehörigen betreuen, sie auf den Abschied vorbereiten. Die Energie der Trauer in etwas Positives umwandeln. Den Tod als Anlass nehmen, etwas Gutes zu tun. Das ist der anspruchsvollste

Teil der Arbeit. Die Goldzähne lassen die Bestatter vom Zahnarzt ziehen, wenn das gewünscht wird. Beim ersten Mal, bei der ersten Verstorbenen, einer alten Dame, war ihm noch etwas mulmig. Seine erste Verbrennung. Die Knochen blieben zum Teil erhalten. Die Asche kommt in die Mühle, das ist wie eine Waschmaschine mit Stahltrommel. Metalle werden mit Magneten herausgeholt. Kinder sind noch etwas Besonderes, auch wenn die meisten aus der Gerichtsmedizin oder aus dem Krankenhaus abgeholt werden. Einmal musste er ein neunjähriges Mädchen von zuhause aus ihrem Bett abholen. Das hat ihn schon gepackt. Die Frage: warum ein Kind. Da kam doch der Kloß im Hals und mehr als nur Empathie. Da bleibt etwas auf Dauer zurück, zumindest die Erinnerung an diesen kleinen Menschen. Dennoch fand er es leichter, als es für den Arzt gewesen sein muss. Der hat noch gekämpft, gelitten und dann doch verloren. Das muss schlimm sein. Hart für den Bestatter.

„Warum holst du denn junge Menschen, Tod? Ist doch nicht sinnvoll." Die Zeit ist jetzt auf einen Punkt zusammengeschrumpft und setzt sich vor das Mondlicht. „Die Menschen fragen doch: Warum lässt Gott all das zu? Nicht: Warum kommt der Tod? Gott ist die entscheidende Dimension, nicht ich."

„Gott ist nicht unser Thema, ich bin ihm nicht begegnet, nur seinen Strukturen im Universum."

„Lass uns dem Schreiber zuschauen."

71

Einmal hat Toby, der Bestatter, einen Selbstmörder abgeholt. Der hatte sich einen kleinen Teil der Schädeldecke weggeschossen. Durch den Mund in den Kopf. Das war gar nicht so schlimm, die Schädeldecke war nur leicht nach außen gewölbt. Mitte 40 war der Mann, von dem niemand wusste, warum er sich das Leben genommen hatte. Er hatte versucht seine Frau umzubringen und gedacht, sie sei tot. War sie aber nicht. Sie fand dann ihren Mann. Man erfährt als Bestatter nicht mehr. Ist ja nicht wie im Fernsehen.

Ein Tod auf dem Motorrad. Als der Bestatter zur Eröffnung der Zeremonie in die Kapelle eintrat, spürte er eine unterschwellige Energie des Todes, die durch die Trauergäste strömte – voll Trauer erfüllt war er dann selbst.
„Ja, nicht immer lasse ich ihn davonkommen – ohne Gefühle –, eine kleine Erinnerung an die Professionalität, aber auch an die Bedeutung des Augenblicks." Da ist dem Bestatter ein Schauder über den Rücken gelaufen. „Das hat mich erreicht", sagt Tobias dem Schreiber. „Das hab ich gespürt. Manchmal ist es wirklich nicht leicht. Ein junges Mädchen starb in seinem Zimmer. Ich musste sie abholen.
Ein junger Mann war im Sekundenschlaf im Auto verunglückt. Den musste ich von Nürnberg überführen. Das war eine lange Fahrt, die Zeit zum Nachdenken ließ", notiert der Schreiber.
„Und wer hat nun das letzte Wort? Der Bestatter, der die Verstorbenen würdigt, du oder ich?", fragt der Tod.

„Für eine Antwort auf diese Frage überlasse ich mich eine Weile mir selbst", beschließt die Zeit.

„Vielleicht zum Schluss noch ein Gedicht? Ein trotziger Kandidat hat es verfasst", schlägt der Tod vor.

„Also …?"

„Ich gehe wohin.
Der Tod will mich küssen
Mit geschürzten Lippen
Im spitzen Gesicht.
Aber ich will noch nicht.
Jetzt schickt er hohen Blutdruck,
Kalten Schweiß und Schüttelfrost,
Schwindel und Kontrollverlust.
Angst ist seine Kunst.
Noch kann ich sie besiegen.
Wohl bleibt er ein ständiger Begleiter.
Jetzt soll er mich nicht kriegen.
Aus Angst vor ihm zu sterben
Ist der falsche Weg.
Vielleicht spielt er gern
Und winkt zum Spaße nur von fern.
Von dort, wo ich ihn sehe, kommt er nicht herbei,
sondern von überall.
Ich winke ihm zögernd zu.
Vielleicht lässt er mich noch in Ruh',
Bis ich ihn entspannt begrüßen kann,

Mit ihm auf Du und Du vielleicht.
Doch wenn er einen zu sich zieht,
Ist es zu spät, wenn man ihn sieht.
Ich glaube, ich kann das nicht
Gelassen sehn,
Komme ich ihm in den Sinn,
Gehe ich woanders hin.

„Ein guter Versuch, aber wir wissen ja beide, wie das enden
wird."
„Wir werden kommen", verabschiedete sich die Zeit.

Begegnungen in der Traumwelt

Begegnungen in der Traumwelt

Träume sind lediglich eine andere Form der Wirklichkeit.

Mein Vater war vor einigen Tagen gestorben. Erwartet und doch plötzlich, wie das so geschieht. Von seinem Sterben und seinem Tod träumte ich viele Nächte und konnte häufig zwischen halbschlafenden Gedanken und Traumwelt nicht unterscheiden. Adrenalin und Gedankenbilder ließen mich immer wieder nur am Rande des Schlafes bleiben. Im Traum wusste ich aber immer, dass sein Tod Wirklichkeit war. Als er starb, lag er auf dem Bett, das Telefon in der Hand, die Augen geöffnet. Als hätte er noch etwas gesehen und noch etwas Wichtiges dieser Welt mitteilen wollen. Nicht bereit, zu gehen. Er wollte immer leben, eigentlich für immer, mindestens jedoch 100 Jahre alt werden. In Kontakt bleiben mit dem Leben. Mit seinem wachen Geist in einem klapprigen Körper.

In einer Nacht, kurze Zeit nachdem er aus dieser Welt geschickt worden war, trat er leibhaftig an mein Bett. Er war in ein leichtes Gewand gehüllt, eine Art Pyjama vielleicht. Ich konnte ihn riechen. Ein vertrauter Geruch, den er immer nach einem Arbeitstag mitbrachte und der mich als Kind zutiefst beruhigt hatte. Er wirkte entspannt, fast fröhlich, dabei sehr entschlossen.

Dennoch richtete ich mich erschrocken auf. Woher kommst du, wollte ich fragen, sagte aber nichts, brachte kein Wort heraus. Ich spürte die Hilflosigkeit, die einen befällt, wenn unangemeldet Besuch vor der Tür steht und man sich nicht entziehen kann. Seine Beine berührten meine Matratze am Fußende und drückten diese ein wenig zusammen. Er musste aus dem Schrank gekommen sein. Aus dem großen Kleiderschrank mit dem Spiegel in der Mitte. Das wusste ich seit meiner Kindheit – der Tod kommt aus dem Spiegel. Immer kommt der Tod aus dem Spiegel, oder jedenfalls, wenn ein Spiegel im Raum ist. Dann kommt er da her, schreitet aus diesem Spiegel heraus. Ganz in Schwarz. Aber nichts war schwarz in diesem Raum. Die Traumfarbe war eher Gelbbraun, vermischt mit etwas Blau. Ich rückte an die Wand, an das Kopfende, winkelte meine Beine an und presste mein Kopfkissen an die Brust. Mein Herz raste.

„Komm doch mit auf meine Seite, komm doch her zu mir, willst du nicht mitkommen? Es ist schön im Reich, in dem wir sind", sagte er und reichte mir dabei fordernd seine schmale, zarte Hand.

„Nein, nein", rief ich. Noch mehr Adrenalin schoss durch meinen Körper. Schweiß ließ meine Stirn erkalten. Ich reagierte entsetzt, angstvoll und fast panisch, wollte weglaufen, war aber wie an mein Bett gefesselt. Mein Körper gehörte in diesem Moment nicht mir. Verzweifelt wehrte sich alles in mir gegen diesen Besuch. Aber ich liebte meinen Vater, wollte ihn nicht zurückweisen. Ich wollte mit ihm sprechen, ihm meine Loyalität zeigen, irgendetwas Ähnliches, ein hilfloses Hin und Her. Er ließ sich nicht davon abbringen, mich mitzunehmen. Er insistierte. „Komm mit, jetzt." Überrascht war ich, dass er mich in das Reich der Toten holen wollte. „Ich bin doch noch so jung!", rief ich aus. „Das kannst du doch nicht von mir verlangen!" Ich wollte nicht. Ich musste ihn enttäuschen. Dann wurde es kalt und windig im Schlafzimmer, die Gardinen bauschten sich wie von einer Hand hochgehoben. Meine verstorbene Mutter erschien unvermittelt, schwebend, sie, die schon vor Jahren erlöst wurde, mit Morphin, viel Morphin. Immer unscharf, aber mit ihrer deutlichen, erkennbaren Kontur, kam sie immer näher. Sie war schon seit drei, vier Monaten immer wieder im Raum gewesen. Aber scheinbar harmlos, wie ein Lüftchen, ein unaufdringlicher, heller Schatten. Sie wollte mir immer nur Schutz bieten. Sie konnte auch unvermittelt wütend werden. Sie schlug beispielsweise mit Stöcken auf eine Frau ein, die meine Freundin zu sein schien. Eine oft hysterische Person, das musste ich zugeben. Aber diese Frau war viele Frauen und im Traum kannte ich sie nicht. „So musst du gegen diese Frau kämpfen", sagte meine Mutter. Sie schlug auf die dicke fette Katze ein, die die Vielefrau angeschafft hat. Die Frau findet sie schön und dass die Katze mich kratzt, kratzt diese nicht.

„Ich bin für dich da", sagte meine Mutter, die jetzt mit meinem Vater im Raum stand. „Hüte dich vor dieser Frau", flüsterte sie. Ich war erleichtert, dass sie gekommen war. Sie wollte nie etwas, glaube ich, nur einfach da sein, ein wenig beachtet und erinnert werden. Mein Vater war verstummt. Als sei er mit ihrem praktischen Ratschlag überfordert. Meine Mutter ergriff seine Hand. Dann waren die Toten, die mir so nah gekommen waren, plötzlich verschwunden. Die Angst zu sterben blieb zurück. Ganz real fühlte diese sich an. Wie eine einzulösende Verpflichtung.

Dann erschien eine Hexe. Eine kleine Person, mit gelockten braunen Haaren. Sie zeigte mir ihre Handflächen, die wie Kohlen glühten. Ihre Energie durchdrang mich körperlich und geistig. Ein plötzliches, angenehmes Fieber betäubte mich. „Wenn dir deine toten Eltern erscheinen, wirst du noch lange leben", prophezeite sie und verschwand.

Dann schwebte ich körperlos über meinem Bett empor und flog davon.

Johannisbeersaft

Johannisbeersaft

Das ist wie Schokolade, dachte sie und schwenkte das Glas von links nach rechts. Stellte es auf den Kopf und wieder auf den Stiel, drehte es schwingend um seine eigene Achse. Der Kelch vibrierte durch den Luftzug, die Sonne warf flirrende Farben und bunte Lichtreflexe durch das Glas auf die blütenweiße Tapete. Sie stellte das Glas zurück in den Küchenschrank und griff nach einem kleinen Stoffbeutel an der Klinke ihrer Haustür. Die Dielen knarrten, die Tür quietschte. In grünen Filzpuschen tappte Ella die alte Holztreppe hinunter, deren Geländer bei jedem ihrer leichten Schritte wackelte. So ging es drei Stockwerke nach unten. Vor der Tür war Sonne. Sie schloss die Augen und dachte an Rot. Die Filzpuschen wurden warm. Ella zog sie aus und packte sie in den kleinen Stoffbeutel.

Auf dem Weg in die staubkornkleine Einkaufsstraße schauten die vorbeilaufenden Menschen auf Ellas buntlackierte Regenbogenfußnägel, die an braungebrannten Füßen schimmerten. Die Menschen trugen Hemden, Blusen und Anzüge. Die Herren kurze Haare, Gel und Rasierwasser. Akkurater Krawattensitz. Die Damen glattgebügeltes Blond oder streng nach hinten gerichtetes Brünett. Der Lippenstift rot, so rot wie ihr Rot, das Rot, an das Ella dachte. Sie ging drei Stufen Steintreppe hoch, ein Glöckchen an der Tür kündigte ihr Eintreten in den kleinen Laden an. Hier kaufte Ella alles, was sie sich verdient hatte. Ihr Bruder hatte Geld, genug Geld, um sie für die Pflege der kranken Mutter zu entlohnen. „Es ist doch schöner, wenn du dich um sie kümmerst", sagte er und überwies ihr jeden Monat eine gute Summe Geld. Es reichte, um die Miete der kleinen Wohnung zu zahlen, dreimal die Woche in den Laden hereinzuklingeln und Leckereien für die kommenden Tage zu erstehen. Neben verschiedenen Teesorten, Honigarten, Kandiszucker in Blechdosen, Käse aus der Schweiz und Brot aus der Backstube gab es Schokolade in tausend Varianten. Wenn nicht sogar mehr. Hinter dem Schokoladentisch türmten sich Weinflaschen und die verschiedensten Säfte aus der Region. Aufgereiht in dunklen Holzregalen, die bis zur Decke reichten. Ella griff zu Rot. Es war das Rot in ihrem Kopf. Dunkel, leuchtend, durchdringend. Es musste zu dem kurzhaarigen Mann mit Brille und Anzug. Er hatte so einen Blick, emotionslos und doch traurig. Resigniert. Ella packte eine, zwei, drei Flaschen feinsten Johannisbeersafts in ihren kleinen Stoffbeutel.

Das Rot klirrte trotz Seidenpapier Richtung Park. Dort saß der Mann auf einer der Metallbänke. Er sah als Erstes Regenbogenzehen, erblickte die lila Haremshose und zerzauste Haarspitzen. Ella reichte ihm die Flasche. Der Mann verstand nicht ganz, aber da war sie auch schon wieder verschwunden. Er besah sich die Flasche, lange und gründlich. Konnte nichts Verwerfliches an ihr finden. Sie war verschlossen, noch mit Etikett, so wie es sich gehört.

Etwas Most hatte sich am Boden abgesetzt. Den Hof, von dem der Saft stammte, kannte er.

Als er abends nach Hause kam, nach getaner Arbeit, die immer gleich und immer gleich lang war, stellte er die Flasche mit dem dunkelroten Saft auf den Tisch. Seine Frau guckte kritisch. Er erzählte ihr von der eigenartigen Begegnung. Sie kannte den Laden. Guter Saft. Sie nahm die Flasche und drehte ihr den eigenartigen Korken vom Hals. Plopp. Der Duft von Wärme, Wald und Wiese entwich. Es wurde still um Mann und Frau. Kein Auto von der dichtbefahrenen Straße unten drang mehr mit seinem Motorengeheul in die Küche. Gluck, gluck, gluck. Der Saft im Glas. Das leuchtende Rot. Der Mann trank einen Schluck. Der Geschmack von Beeren und Holz mit einem Schuss Granat. Süße Schwere. Er seufzte. Last fiel von seinen gebeugten Schultern, die er dreimal die Woche im Fitnessstudio wieder gerade zog. Noch ein Schluck, dann stellte er das Glas wieder beiseite. Der Stress in seinem Kopf ging Flöte spielen. Er betrachtete seine Frau, den Blick sehnsüchtig aus dem Fenster gerichtet. Wahrscheinlich liebte er sie noch. Er erinnerte sich. Dachte daran, wie sie sich kennengelernt hatten. Sie hatten schon immer mal eine Reise nach Neuseeland machen wollen und Kinder kriegen, ganz viele. Eine richtige Familie sein. Die Zeit fehlte, sagten sie immer, wenn jemand nach ihren großen Plänen fragte. Die Arbeit bringt Geld und kostet Zeit. Der Mann buchte zwei Tickets.

Ella lächelte. Sie wusch Mutters Rücken mit einem rosafarbenen Schwamm. Bei allen anderen schrie Mutter und schlug um sich. Doch der rosafarbene ließ sie zahm werden, sie lehnte sich zurück und summte irgendeine Idee, die sie aus ihrem durchgeschüttelten Kopf holte. Es roch nach Vanille und Limetten. Duftkerzen auf der schmalen Fensterbank. Mutter stand auf. Ihre faltige Haut hing an ihr herab, sie schloss die Augen und begann sich summend in der Badewanne um die eigene Achse zu drehen. Den Kopf hielt sie komisch schief, die Augen kippten nach hinten. Ella war vorbereitet, fasste Mutter am Arm und brachte ein Bein nach dem anderen aus der Wanne. Mutter tropfte auf dem Weg in ihr Bett, das mit Handtüchern ausgelegt war. Sie schimpfte. Erst in den Nässe saugenden Frotteetüchern und der Decke geborgen wurde sie ruhig und schloss die Augen. Ella betrachtete Mutters feingesträhnte Haare, kämmte sie ihr vorsichtig zurück und schlug ihr ein Tuch um den Kopf, damit sie nicht so fror. Ella klappte Gitter zu den Seiten des Bettes hoch, damit Mutter nicht hinausfallen konnte, und verließ das Zimmer. Sie seufzte, schnappte ihren Stoffbeutel, steckte eine Flasche hinein und zog die Wohnungstür hinter sich zu. Auf dem Weg nach unten klingelte sie kurz bei den Nachbarn, gab Bescheid, dass Mutter allein im Bett lag. Sie wäre gleich wieder da. Vor der Tür zog sie ihre Puschen aus und steuerte auf die Kreuzung am Park zu.

Eine Brünette mit strengem Zopf stand verdutzt mit einer Flasche dunklem Rot an hellroter Ampel. Sie wusste nicht so recht. Diese Frau, die immer barfuß durch den Ort lief. Eigentlich sollte sie die Flasche wegtun. Wer wusste schon, was darin war? Doch die Neugier siegte, und sie mochte Johannisbeersaft. Er erinnerte sie so an Kindheit, ein Gefühl von Geborgenheit, das sie seitdem verloren hatte. In ihrer Wohnung kam er ihr gerade recht, nach einem anstrengenden Tag mit schlechtgelauntem Chef. Nach einer Woche und sechs Jahren rund um die Uhr erreichbar sein und ständig Zopf mit Bluse tragen. Ihre Kopfhaut spannte, ihre Brust war eingeschnürt, der Bauch von Hose und Verschluss weggepresst. Es war dunkel, wie jeden Abend, wenn sie nach Hause kam. Egal ob Sommer oder Winter. Ganz egal. Seit er gegangen war. Keiner wartete auf sie. Es war immer dunkel um sie, zuhause. Immer. Egal ob Sommer oder Winter oder Herbst oder Frühjahr. Ob Wochenende oder feiertags. Eine Woche und sechs Jahre, rund um die Uhr. Sie mochte kaum mehr reden, wenn sie nicht musste. Ganz gleich also, wie gut der Inhalt der Flasche war. Schlimmer werden konnte es nicht. Sie drehte den Korken vom Flaschenhals. Plopp. Der Duft von Beeren und Holz. Unterholz, durch das sie damals gestiegen waren, in Schweden, bei untergehender Sonne. Wildes Dasein, freies Gefühl. Sie und er. Bis er auf einmal verschwand. Ohne Abschied, ohne Gruß, einfach weg. Und sie stand da, verzweifelt, nicht verstehend, was mit ihr geschah. Nur noch existierend, arbeitend, immer mehr Geld auf dem Konto, für das sie keine Zeit zum Ausgeben fand. Sie hatte ganz vergessen, wie das Leben duften konnte. Doch sie wusste genau, dass es so riechen musste wie dieses Rot. Ihr Handy klingelte. Der Chef. Sie ließ es klingeln. Nach dem fünften Versuch nahm sie ab. Der Chef schimpfte, nannte sie faul und unfähig, einfach auszutauschen und ersetzbar. Sie setzte das Glas wieder an die Lippen, den Duft nach Leben. Sie kündigte. Den Finger schon am Faxgerät zur schriftlichen Bestätigung. Der Chef schwieg das erste Mal in sechs Jahren. Sie stand auf ihrem kleinen Balkon und war glücklich.

Ella auf einem barocken Sofa, helles Beige mit roten Knöpfen. Im Hintergrund hörte sie Mutter schreien. Die Nachbarn beschwerten sich nicht mehr und zogen stattdessen aus. Ella dachte an früher, als Mutter jung und unbeschwert gewesen war. Als sie die Köpfe ihrer Kinder hielt, ihnen in die Augen sah und sagte: „Wir machen einen Ausflug in den Wald!" Wie die Kinder jubelten und schnell in ihre Schuhe schlüpften, um nach draußen zu laufen und ihre Eimerchen zu holen. Wie sie durch den Wald liefen, über Stock und Stein, über Wiesen und Täler, durch Geäst und Büsche, um die bunten Eimer mit Beeren zu füllen. Ella hatte immer am liebsten Johannisbeeren gepflückt. Die kleinen Kügelchen wippten so lustig an ihren schmalen

Ästen, wenn Ella sie schaukelte. Und sie lachte lauthals und freute sich, wenn sie wieder einen ganzen Eimer Beeren nach Hause tragen konnte. Die Zahnpasta-Spucke war an solchen Waldabenden dunkelrot, so rot wie der Saft, den sie daraus machten. Manchmal tunkte sie eine Strähne ihres Haares hinein. So konnte sie am nächsten Tag in der Schule daran lutschen, den Schultag nach Minze, Beeren und Wald schmecken lassen. Und wenn sie krank war und alles nur noch mies, war das Einzige, was sie gesund und munter machen konnte, der Becher mit heißem Johannisbeersaft. Mutter hatte immer gesagt, in dem Saft säßen kleine aussortierte Engel. Mutter glaubte nicht an Gott, sie verstand es ganz und gar nicht, wenn andere Menschen sagten, das würde Gott schon wieder richten. „Statt selbst mal was zu tun", sagte sie dann immer und schüttelte den Kopf. Sie glaubte stattdessen an Engel, die in den Wolken saßen. Ab und zu fiel einer herab, weil er nicht aufgepasst oder Schabernack getrieben hatte und von den anderen hinabgeschubst worden war. „Engel sind auch nur Menschen", erklärte Mutter. „Sie können nicht alles. Aber sie versuchen immer ihr Bestes. Deswegen hängen die gefallenen Engel als kleine schwarze Beeren an Sträuchern und hoffen, dass wir sie finden, damit sie uns gesund und glücklich machen können." Und dann fragte sie jedes Mal: „Geht es dir schon wieder besser, Ellalein?", und Klein-Ella nickte eifrig. Jetzt hieb Mutter nur noch mit der Faust auf dem Bettende herum und schrie etwas in ihrer komischen

Fantasiesprache. Worte, die keiner kannte. Ella überhörte die wütende Weise, mit der Mutter ihren Worten Ausdruck verlieh. Was auch immer es war, sie musste es abgrundtief hassen. Ella drehte den Korken aus dem Hals einer Flasche. Plopp. Sie kannte diesen Geruch. Er war hart und unerbittlich. Die zehnte oder elfte Flasche, die sie diesen Monat für sich gekauft hatte.

Der Mann steigt aus dem Flugzeug. Seine Frau ist in Neuseeland geblieben. Das macht nichts, denn er fühlt sich frei und atmet tief durch. Packt seinen Koffer am Schlafittchen und geht dem Ausgang zu. Als er durch den Park kommt, zieht eine Trauergemeinde an ihm vorüber. Der Sarg ist rot. Er reiht sich in den Menschenzug ein, ganz hinten. Vor ihm ein großer Mann im Anzug, der eine ältere Dame im Rollstuhl schiebt. Neben ihm eine Frau, die braunen Haare hinter sich herwehend. Sie schaut den Mann an, blickt verlegen Richtung Sarg. „Kannten Sie die Verstorbene?", fragt er.
Sie schüttelt den Kopf: „Nein. Ich habe sie nur einmal getroffen."
„Woran ist sie gestorben?", fragt er.
Der Mann vor ihnen schaut auf. Seine Augen sind traurig: „Alkohol."
Kurzhaariger Mann und Frau mit Zopf blicken sich erschrocken an. Und greifen nach der Hand des anderen.

Gaby, Bateman und das Lotka-Volterra-Modell

Gaby, Bateman und das Lotka-Volterra-Modell

Das ist Gaby. Gaby ist Journalistin oder auch Redakteurin. Oder besser: Sie war es. Gaby hat lange Zeit in einem dieser großen Gebäude gesessen und Print gemacht, Medien zum In-die-Hand-Nehmen. Blätter sozusagen. Was zum Darin-Blättern. Doch die Zeiten ändern sich. Seit es das Internet gibt, kann alle Welt alle Infos einfach so austauschen. Ohne für das Papier zu bezahlen, auf dem diese Infos sonst immer abgedruckt wurden. Alles flimmert jetzt über einen Bildschirm und kann jederzeit abgerufen werden. Und oft auch für umsonst. Weil jeder jetzt schreiben kann, wenn er will. Oder es zumindest tut und seine Texte online stellt und gelesen wird, wenn es umsonst ist.

Gaby guckt zu, wie langsam und schleichend eine Stelle nach der anderen abgebaut wird, wie einzelne kleine Redaktionen zu großen zusammengefügt werden. Die Welt braucht keine Printmedien mehr. Zum Glück ist sie single und hat keine Kinder, denkt Gaby. Das hätte in einer absoluten Katastrophe geendet, obwohl diese hier schon groß genug ist. Gaby hatte nie Zeit für eine Beziehung, war ja immer unterwegs. Aber jetzt hat Gaby viel Zeit. Ihre Redaktion gibt es nicht mehr und das Arbeitsamt kommt nicht mehr hinterher. Zu viele arbeitslose Texter. Und ohne Arbeit verdient auch Gaby kein Geld. Kein Geld mehr, um die Raten für ihre Eigentumswohnung bei der Bank abzubezahlen. Zuversichtlich war sie, als sie die Finanzierung in Angriff nahm. Was sollte ihr schon passieren? Das Internet passierte. Und ihre Wohnung in der Neustadt gehört jetzt der Bank. Gaby ist in eines der Auffanglager gezogen. Am Johannes-Brahms-Platz, dort, wo früher in den großen Bürogebäude all die Redaktionen und Printmedienbüros ansässig waren. Dort leben sie jetzt, Bett an Bett, wie in einer einzigen großen Herberge. Die Herberge für gestrandete Texter, Autoren und wie sie sonst noch alle heißen. Auf jeder Etage eine Gemeinschaftsküche, ein Bad für Frauen, eins für Männer, zwölf Toiletten. Keine Privatsphäre.

Im Hinterhof wächst Unkraut. Dort, wo mal ein paar Brunnen für Geplätscher und das Gefühl der großen weiten Welt im Medienbetrieb sorgten, trifft man sich heute zum Mittagsbier. Politikjournalisten. Sportjournalisten. Kultur- und Reiseautoren, Philosophen. Gaby hat auch mal Philosophie und Literatur studiert. Kunst, die brotlos ist und deshalb abgeschafft wird. Gaby staunt nur und schüttelt den Kopf mit den braunen Locken. Nur noch wirtschaftlich orientierte Studiengänge werden an den Universitäten angeboten, zum Beispiel das Studium „Finanzmärkte" oder „Quantitative Ökonomie" in Bielefeld. In diesem Zuge müsste der Literaturnobelpreis eigentlich komplett abgeschafft werden. Nach dem Debakel von 2018 ist klar, dass auch der bloß noch wirtschaftlich orientiert vergeben wird. Und die Preisträger interessieren schon lange

91

niemanden mehr. Es ist überall nur noch vom iPhone 139 die Rede. Das ist wichtig, damit kann man selbst die Texte lesen, die sonst in den Boulevardblättern standen. Von allen Printmedien konnten sich diese am längsten halten. Doch das Internet, die vielen Schreibenden und ihre Blogs haben selbst dem Boulevard das Lichtlein ausgeblasen. Im Internet gibt es einfach alles umsonst. Gaby kennt die Leute, die diese Texte schreiben, von früher. Niemals hätte einer ihrer Chefs denen einen Job angeboten. Das Internet verschafft ihnen zumindest einige zehntausend Leser. Und Google Text die Software, um die Blogtexte im Nullkommanichts zu generieren. Keine Recherche mehr, einfach klick, klick, Text. Nun stehen da auf diesen virtuellen Seiten so Sätze, über die Gaby bloß die Locken schütteln kann. „Diejenigen, die auf Sprache und Grammatik achten, das sind Nazis", schreibt einer unter ihren Kommentar mit Verbesserungsvorschlägen. Statt noch mehr online zu lesen und zu korrigieren, setzt sich Gaby also lieber in den Hinterhof und spricht mit ihrer Interessengruppe darüber, dass es kaum mehr Literatur gibt. Oder Buchhandlungen. Nur Comics. Die stehen dann im Kiosk neben den Pornoheften. Die brauchen beide keine Texte, nur Bilder. Das Angebot im Kiosk wird eben auch je nach Nachfrage angepasst. So ist das hier und auch sonst. Was nichts kostet, wird gelikt. Was jeder ohne Worte verstehen kann, wird gekauft.

Gaby nennt diese Entwicklung das SLV, das Sprach- und Lese-Virus: Alle, die sich noch mit Literatur auskennen, werden ausgelacht und gelten als Nerds. Bald wird nur noch auf den verbliebenen Hinterhöfen in alten Büchern gewühlt und darüber diskutiert, ob nun Goethe oder Schiller der eigentliche Star am Weimarer Theater gewesen ist. Ob es wohl demnächst eine Serie à la The Big Bang Theory über Literaturwissenschaftler geben wird? Nein, es gibt ja noch nicht mal mehr TV für solche Formate. Nur noch Clips zum Klicken, Trash-Serien mit Laienschauspielern, Werbung, Wiederholungen, die über den Laptop flimmern. Alles aus dem Internet. Oder aus dem iPhone 140, kommende Woche erhältlich.

Wenn Gaby unter Menschen geht, fernab vom Hinterhof, hört sie nicht mehr hin: Überall wimmelt es von krummen Sätzen. Um die Ecke denken kann keiner mehr. Noch nicht mal mit der Hilfe von GoogleMaps 3D. Alles läuft online. Ein Klick und schon ist ein Satz persönlicher Daten weggeschickt und hängt irgendwo in der Cloud. Oder in der virtuellen Box von Facebook-your-World, dem allerneuesten Scheiß! Alle Welt hat Zugriff darauf, sofern es alle Welt interessiert, was da in die Box gegangen ist.

Gaby ist auf dem Weg zu einem Vorstellungsgespräch und hat genau gehört, wie ihre Sachbearbeiterin am Telefon laut aufgeatmet hat, als sie ihren nächsten Skype-Termin mit dem Arbeitsamt deshalb verschieben musste. Kurz vorher ruft der HR-Manager bei ihr an. Kurz und knapp verklickert er ihr, sie müsse persönlich zum Vorstellungsgespräch vorbeikommen. Jemand habe sich ins Firmennetz gehackt und eine virtuelle Konferenz sei nun wirklich nicht möglich. Gaby macht sich auf den Weg, die Locken kurz zurechtgezupft. Unonline. Na sowas.

Der HR-Manager muss schuften und sieht darüber schon ganz verkümmert aus. Da bringt auch der wöchentliche Gang zum Turbobräuner nichts. Es geht um einen Job im Bereich Unternehmenskommunikation. Nicht das, was Gaby gut kann, aber was soll's. So ist das eben. Tausende Bewerber seien hier heute schon durchgelaufen, hört Gaby den HR-Manager erklären. Was sie denn nun so besonders auszeichne, fragt er. Gaby denkt an Hölderlin, der das Ende seines Lebens als angeblich Wahnsinniger in einem Turmstübchen fristete. Er hatte mal was über die freie Wahl geschrieben, mit der jeder sich der äußeren Sphäre harmonisch entgegensetzen könne. Diesen Einklang kann Gaby am HR-Manager nicht entdecken. Er trägt einen Gucci-Anzug, eine goldene Uhr von irgendeiner Luxusmarke und erinnert Gaby an Patrick Bateman aus American Psycho. Er trägt aber einen anderen Namen auf dem Schild an seinem teuren Anzug, das Gaby die ganze Zeit anstarrt, während sie ihren auswendig gelernten Satz aufsagt. Gaby liebt Hölderlin und deshalb kann sie den HR-Manager nicht leiden. Der HR-Manager hingegen liebt anscheinend sein iPhone 141, eigentlich erst ab morgen erhältlich, auf dem er während des Gesprächs immer wieder herumtippt, weil es das einzige Gerät ist, auf dem er hier noch online gehen kann. Gaby denkt wieder an Patrick Bateman und auf einmal steigt Mitleid in ihr hoch. Wie das wohl sein muss, in den schicksten Restaurants zu verkehren, teure Cocktails zu trinken, ohne dass sich irgendwer an einen erinnert. So ein nichtiges Dasein. Da würde sie das ganze Geld doch lieber in einen vierwöchigen Urlaub in den Bergen investieren. Dort, wo keine Internetverbindung und kein Handynetz der Welt hinkommt. Sie jedenfalls werde nicht mit Anfang 50 an einem Herzinfarkt sterben, denkt Gaby. Dafür hat sie momentan zu viel Zeit und zu wenig Stress. Hat doch wieder sein Gutes, das mit dem Weggang des Prints, denkt sie und muss unwillkürlich grinsen. Der HR-Manager guckt irritiert von seinem Handy hoch. Dann sagt er, er müsse gerade noch kurz was checken, hier in diesem Saftladen sei ja gerade einfach so gar nichts möglich. Ein wichtiger Kunde, das koste doch alles Geld, dieser Internetausfall, dieser Hackerangriff. Ja, das liebe Geld, denkt Gaby und wird ein bisschen traurig. Sie fragt sich, warum so viele Menschen ihren Job nur wegen des Geldes machen, um sich das neueste iPhone kaufen zu können zum Beispiel. So viele Gedanken gehen durch ihren Kopf, während der HR-Manager tippt und tippt und dann doch wieder anfängt, Fragen zu stellen, aber mehr selbst beantwortet, weil er eigentlich gar nicht so recht etwas von Gaby wissen will. Er erzählt von sich und dem Unternehmen. Dann fragt er am Ende doch noch, ob sie

95

denn etwas wissen wolle, Gaby stellt die gelernten Fragen von der Bewerbungsvorbereitung, Online-Kurs vom Arbeitsamt, die sie vorher auswendig gelernt hat, und er redet eine weitere Viertelstunde vor sich hin. Er hat einen goldenen Füller auf dem Tisch liegen, den er jetzt zur Hand nimmt, um seine Gestik mit teurem Schreibgerät zu unterstützen. Der Kapitalismus hat im Büro des HR-Managers zumindest optisch absolut gewonnen. Was Marx wohl so einem HR-Manager erzählen würde? Der würde sich ganz schön aufregen, der gute Marx, wenn er nicht schon längst tot wäre. Der HR-Manager checkt wieder sein Handy, Facebook-your-World meldet die aktuellsten News über den ausgegrabenen Hintern von Kim Kardashian. Gaby versteht das nicht: Da kauft sich einer teuerste Anziehsachen und so komische goldene Füller, liest dann aber lieber im Internet, statt sich ein Buch zu kaufen. Nur, weil es günstiger ist. Ist ja kein Wunder, dass man dann nur so einen Nepp zu lesen bekommt.

Gaby denkt an Fertiglasagne von 2013. Die konnte preislich überzeugen, weil sie mit Pferdefleisch versetzt war. Das ist in der Herstellung günstiger, also auch im Preis. Und doch ärgerte sich jeder Käufer über das Pferdefleisch, wenngleich das doch irgendwie klar war: Für 1,99 Euro kann kein Bauer vernünftige Rinder züchten. So ähnlich ist das auch mit dem geschriebenen Wort im Internet. Das ist auch mit billigem Fleisch angefüttert. Gaby schaut auf die goldene Uhr von Bateman. Der redet wieder, komplett losgelöst, über irgendwas, das so und so in diesem Unternehmen laufe und wichtig sei. Er macht, rattert, funktioniert und haut sich abends die Lasagne mit den Pferdekötteln rein.

Aber das sei egal, denn er habe da einen genauen Plan, er wisse, was er wolle, sagt er. Das muss er heute schon oft runtergerattert haben, es klingt ebenfalls auswendig gelernt, wie ihre Nachfragen. Zwischendurch sieht er sie prüfend an. Klar, das ist Taktik. Ein bisschen verunsichern, gucken, wie sie reagiert, ob sie seinem Blick standhält. Gaby tut es, und wenn sie ihn sich so ansieht, dann wundert es sie eigentlich kaum mehr, dass diese ganze Sache mit dem Journalismus oder dem Schreiben an sich den Bach runtergegangen ist. Dazu braucht man Gespür für Worte und Emotionen. Aber die sind wohl nicht mehr so gefragt. Die heutigen Chefs und die, die als Intellektuelle bezeichnet werden, können einfach gut taktieren. Und bei Taktik ist Emotion fehl am Platz. Die Taktik soll ohne Verirrung dazu führen, dass der HR-Manager am Ende des Tages noch mehr Geld verdient und sich auch das iPhone 150 noch kaufen kann, was für ihn natürlich von größter Wichtigkeit ist: Es zeigt allen anderen, dass er es sich leisten kann, ein guter Taktiker und folgefalsch ein Intellektueller ist. Was er wohl studiert hat? Er könnte auf jeden Fall Urlaub vom Geldverdienen gebrauchen, da ist sich Gaby ganz sicher, als er wieder den prüfenden Blick übt und sie ihm ins gestresste Gesicht blickt.

Sie erschrickt fast ein bisschen, als mit einem Mal das Handy des HR-Managers vibriert, während er sie gerade etwas fragt. Gaby guckt kurz irritiert und bittet ihn, die Frage noch einmal zu wiederholen. Da guckt er wiederum irritiert und fragt mit Nachdruck, ob sie sich vorstellen könne, in diesem Unternehmen zu arbeiten. Hat sie ihn mit ihrer Nachfrage jetzt aus dem Tritt gebracht und er macht mit einem Mal das Gegenteil von dem, was er geplant hatte? Gaby schüttelt kurz die Locken über ihre eigenen Gedankengänge und vor allem ihre Inkonsequenz. „Nicht?", fragt der HR-Manager noch viel irritierter als vorher. „Ne", sagt Gaby. – „Warum nicht?" – „Das wäre nicht richtig", sagt Gaby. – „Wer sagt das?", fragt der HR-Manager wieder. „Pascal", antwortet Gaby. „Blaise Pascal." Wer das sei, fragt er. „Ein Philosoph. Vom Glauben, von Gott beeinflusst, hat sich in dem Zuge sehr mit der Zerrissenheit des Menschen auseinandergesetzt." – „Hm", macht der HR-Manager nur und Gaby hat auf einmal große Sehnsucht nach den literarischen Hinterhöfen. Ist doch egal, wenn es heute Abend wieder nichts Warmes zu essen gibt, Hauptsache, Leute, die nicht bloß „Hm" machen, wenn es um ihre eigenen Lieblingsthemen geht. „Was für eine Zerrissenheit?", fragt der HR-Manager. Gaby ist erstaunt, dass er so genau nachfragt. Fast ein bisschen zu positiv überrascht guckt sie ihn an, dann holt sie tief Luft. „Zwischen seinem Verstand und seinen Leidenschaften", sagt Gaby. „Eines funktioniert ohne das andere nicht, beides auszubalancieren, das ist der Idealzustand. Nur schwer zu erreichen." Der HR-Manager nickt. „Deswegen kann ich hier nicht her", sagt Gaby und lässt den HR-Manager nebst seinem Nicken zurück.

Die Dame vom Arbeitsamt ist nicht so begeistert über Gabys Absage. Das wäre es doch gewesen, ein Texter weniger, dem man einen Job suchen muss. Gaby werden schleunigst die Mittel gekürzt, denn so etwas kann die Dame vom Amt nun wirklich nicht durchgehen lassen. Gaby sitzt im Hinterhof und weint, als sie auf einmal ein bekanntes Gesicht in bekanntem Anzug nebst bekannter Rolex über das Unkraut spazieren sieht. Schnell wischt sie ihre Tränen weg, da ist der HR-Manager auch schon bei ihr angekommen. Gaby traut ihren Augen kaum. Er begrüßt sie kurz und sie staunt nur. Er greift zu einem der Bücher, die auf den Tischen verteilt herumliegen, und setzt sich in seiner Gucci-Anzughose auf das Unkraut. Dann beginnt er zu lesen, hebt aber schon nach kurzer Zeit den Kopf, tippt auf eine Stelle im Buch und fragt: „Was bedeutet das?"

Gaby gibt also heute ihre erste Unterrichtsstunde im Textverständnis. Einzelbetreuung für HR-Manager. Wäre vielleicht eine Geschäftsidee wert. Gaby schaut dem HR-Manager geradewegs in die Augen. „Warum wollen Sie das alles wissen? Das brauchen Sie doch gar nicht." Und da fängt der HR-Manager tatsächlich an, mal von etwas zu erzählen, das mit ihm ganz persönlich zu tun hat. Von den vielen Vorstellungsgesprächen, die er sich angehört und geführt hat und bei denen kaum ein Bewerber etwas Vernünftiges erzählen konnte. Dass er am Ende einfach dazu übergegangen sei, nur noch vom Unternehmen zu berichten, weil er das nicht mehr habe ertragen können. Natürlich wollten alle den Job machen, obwohl dieser sie nicht interessiert habe. Gaby sei die Einzige, die abgelehnt habe. Und das auch noch grammatikalisch korrekt. Der HR-Manager macht eine kurze Pause. „Ich habe echt lange nichts mehr gelesen. Zeitungen gibt es ja nicht mehr. Und als ich nach unserem Gespräch in einen Kiosk bin ..." Er unterbricht sich selbst und winkt ab. Das hätte Gaby nun wirklich nicht erwartet. Und sie merkt, dass sie vielleicht etwas vorschnell geurteilt hat. Vielleicht gibt es ja da draußen ganz viele von der Sorte des HR-Managers und wenn sie, Gaby, nun ein Konzept für Lese- und Philosophieunterricht entwickeln und Stunden anbieten würde, die ein jeder bei ihr nehmen könnte, um seinen Verstand zu schärfen? Dann würden alle diese Typen mit iPhone 160 ihr Wohnzimmer vielleicht endlich mit anspruchsvollen Büchern bestücken, die sie tatsächlich gelesen und verstanden hätten. Und Nachfrage bestimmt ja bekanntlich das Angebot. Sie könnte die Weltretterin der Bücher werden, denkt sie ganz euphorisch. Das ist wie ein Kreislauf und das hier vielleicht einfach nur die Beute-Phase. So etwas, das periodischen Schwankungen unterliegt. Mal sind die Literaten in der Überzahl, mal die einfache Kost. Mal wird das eine lieber gelesen, mal das andere. Das ist eben wie dieses Räuber-Beute-Modell. Gaby fällt der Name gerade nicht mehr ein. Aber sie hofft, dass es stimmt. Sie fragt den HR-Manager, ob sie ihm mehr beibringen solle. Warum nicht ihre Idee gleich am lebenden Objekt erproben? Doch der winkt ab: Kostet alles zu viel Zeit, immer hier rauszufahren. Aber für einen Online-Kurs von ihr würde er schon was ausgeben. Oha, denkt Gaby. Mit dem Internet den Print wiederbeleben? Auf die Idee muss man auch erstmal kommen. In den kommenden Tagen schreibt sie ein Kursprogramm zusammen und setzt einen Blog mit Bezahlzugang zu ihren Videos und Kursen auf. „Buch macht kluch" heißt das Ganze und ein Interview mit dem HR-Manager, der dank Buchwissen nun Leiter aller Geschäftsführer ist, kommt in der Online-Community von Facebook-your-World richtig gut an! Auf einmal will alle Welt Gabys Online-Kurs machen. Das Buch steigt wieder rasant im Ansehen und sein Preis schnellt in wahnwitzige Höhen. Es ist jetzt ein Wertgegenstand. Jeder will Autor werden, weil sich damit Geld verdienen lässt. Es gibt Eliteschulen für Schriftsteller. Gaby selbst wird zur gefragten Personaltrainerin und kann doch wieder schreiben, so wie früher. Sie hat sich ihr Personaltrainerkonzept patentieren lassen und ein riesiges Haus für all die möglicherweise wahnsinnigen oder auch einfach nur genialen Künstler gekauft.

Ein Boom wie zuvor mit dem ganzen Wirtschaftszeug folgt, die Unis haben nun Studiengänge wie „Degenerative

Dekonstruktion" oder schlicht „Bücherstapeln" im Angebot. Literaten bestimmen die Welt. Alles drehe sich, immer und immer wieder im Kreis, sagt Gaby zum einstigen HR-Manager. Ja, so sei das. Das Lotka-Volterra-Modell, sagt er. Das bedeute, dass mal die Beutetiere und mal die Jäger in der Überzahl seien, also ganz im übertragenen Sinne jeder mal an der Reihe sei. Gaby ist beeindruckt von so viel Wissen und tauft dieses Sich-im-Kreis-Drehen und ihren eigenen drehenden Kopf auf den Namen LVMaL: das Lotka-Volterra-Modell auf Literarisch.

Begegnungen in der Bahn.
Applikationen.

Begegnungen in der Bahn. Applikationen.

2015. Ich bin in Deutschland. Genauer: auf dem Weg von Ahrensburg nach Hamburg in der U1 Richtung Hauptbahnhof. In der Bahn sprechen sie meine Sprache, zum Teil. Auch Russisch, Ukrainisch, Arabisch, orientalische Sprachen, Farsi, Syrisch. Sie telefonieren, als gäbe es kein Morgen und der Gesprächspartner befände sich in ihrem fernen Heimatlandland. Auf Arabisch, ein Dialekt. Dazu ein afrikanischer Dialekt, der versucht, den arabischen an Lautstärke zu übertreffen. Dazu ein Italiener. Da muss man nichts mehr schreiben, das kennt ja jeder. Das klingt schon sehr vertraut. Es geht um nichts. Belangloses Gerede. Dann endlich ein laut geführtes Telefonat in deutscher Sprache. Da ist es doch besser, man versteht die Sprache nicht. Ein junger Mann hat Kopfhörer auf, sein Fahrrad breit im Wagen platziert, den Lenker in einer Hand. „Ich fahre zum Hauptbahnhof." Wenig später: „Ich bin gleich da", „Ich muss noch Papiere in die Firma bringen." Das erzählt er drei weiteren Anrufern. „Da, da, spazibo." – „Ich fahr dann in den Garten, erst muss ich noch in die Firma." – „Ja ich fahr zum Hauptbahnhof." – „Doswidanja." – „Mach's gut, schukran …" – „Ich bin gleich am Hauptbahnhof." Schade, wie banal Deutsch ist. Jetzt Türkisch, gestikulierend, eine alte Frau blickt sich um, dann auf den Boden, um nicht aufzufallen. Alles ist banal, auch auf Deutsch keine Hoffnung. Eine Frau steigt ein. Auf den ersten Blick ist nichts zu befürchten. Dann baut sie sich vor eine jungen Frau auf, die nahe am Einstieg sitzt. „Das ist mein Platz", schreit sie unvermittelt und stampft mit dem Fuß. Fahrgäste heben den Kopf. Die junge Frau zuckt nur mit den Schultern und sagt „nein". Die wütende Person setzt sich brabbelnd und unablässig fluchend direkt neben die junge Frau. Wem gehört diese Bahn eigentlich, dieser öffentliche Raum? Ausstieg Hauptbahnhof. Alle telefonieren und gestikulieren. Ja, alle. Ist Hamburg in der Welt angekommen oder die Welt in Hamburg? Was für eine Welt ist da in Hamburg angekommen. Sie sind nur da, die aus ihren Welten kommen, aber nicht richtig hier. Verbunden mit ihrer Heimat, mit ihren Familien in ihren Vierteln in Hamburg. Mit ihrem Glauben, ihren Sitten und Ritualen. Deutschkurse sind Pflicht. Deutsch ist die Sprache, die man am wenigsten hört in den Straßen der Stadt. Der öffentliche Raum wird, phonetisch zumindest, okkupiert. Selbstgespräche mit Kopfhörern in den Ohren. Früher waren das die Kriegsversehrten, die nach 1945 die Balance verloren hatten. Jetzt ist die Balance schon vor dem Krieg verloren. Anarchie ist machbar, oder wie, war da was? Anarchie ist machbar, aber so? Sie zerstören sich selbst in der Welt ihrer Apps. Kontakt stellen die Passanten lediglich her, wenn sie ineinander rennen, aufschauen tun sie nur, wenn sie gegen Laternenpfähle prallen. Bei Menschen schauen sie nicht. Zurück nach Volksdorf. Raus aus meiner Stadt.

Die Bahn fährt durch sie hindurch, zerschneidet sie wie eine Torte. Eine Torte mit verschiedenen Schichten. Von der Sahne bis zum Boden durch. Weiß, rot, braun, grell verziert. In den Schichten dieser Torte ist es erst laut am Hauptbahnhof, bis Wandsbek, einem großen Wohngebiet, bleibt es so, dann verändert sich der Sound bis Farmsen, der sich so bis Berne hält. Noch Stadt.Vorstadt. Bis zur Endstation sitzen lediglich noch zwei junge Männer im Abteil, in ihren Laptop vertieft. Sie sehen aus wie Crowdworker, die ihr Büro in der Bahn etabliert haben. Mir scheint, als hätte ich sie auf den Weg zum Hauptbahnhof bereits gesehen. Vielleicht ist es aber auch nur eine Ähnlichkeit.

Die neue gesellschaftliche Klasse trifft sich mit ihren Apps in der Bahn. Mit all ihrer Unterschiedlichkeit und Individualität. Ohne möglicherweise zu wissen, dass sie gemeinsam die neue Klasse sind.

In den grünen Vororten wird es dann immer leiser, bis sich die Bahn im Wald verliert.

Begegnungen in der Bahn. Der Maler.

Begegnungen in der Bahn. Der Maler.

Wurde 1969 vom jungen Ripp Corby beobachtet.

Der Maler hockte in seinem Farbenkeller auf einem Stapel alter Tapetenbücher und blickte über seine ordentlich nebeneinander stehenden Farbtöpfe und Dosen hinweg. Er konnte sich nicht entschließen; da ließ er sich von seinem Sitzplatz heruntergleiten, zog seine leichte Wolljacke über, schloss die Kellertür hinter sich ab und trat schließlich auf die von der Sonne gewärmte Straße hinaus. Er passierte die Allee, ging an den vielen kleinen Läden vorbei, dem Schlachter winkte er durch das Schaufenster zu, jener wedelte mit einem Würstchen zurück, der Schuster war beschäftigt, der Milchmann klopfte ein großes Stück Butter in Form, und der Maler blieb schließlich vor der Drogerie stehen. Er warf einen prüfenden, etwas kritischen Blick in das Schaufenster, betrat dann mit einem leichten Lächeln den Laden. Der Maler kaufte zwei Kilo grüner Ölfarbe. Nach seinen Berechnungen würde diese Menge reichen und wäre auch vom Gewicht her tragbar.

Ein Liedchen trällernd verließ er die Drogerie und lenkte seine Schritte der nächsten U-Bahn-Station zu, löste eine Fahrkarte zu einer D-Mark und stieg in den nächsten Zug, ohne sich um die Fahrtrichtung zu kümmern. Ihm war es gleich, wohin der Zug fuhr. Als die Bahn nach mehreren Haltestellen den Stadtkern hinter sich ließ, zog der Maler einen alten Pinsel aus der Jackentasche. Sich einmal kurz, kichernd, ins Bein zwickend öffnete er mit dem Pinselstiel die Farbdose, sog dann den geliebten Terpentingeruch ein, der dabei der Dose entströmte, roch noch einmal an dem Deckel, so als stünde ihm ein Festschmaus bevor. Im Wagen saßen an die 15 Personen, die sein Tun aber nicht bemerkten, ignorierten oder anfangs gleichgültig taten. Nur der Herr, der dem Maler gegenüber saß, blickte, erst verstohlen, dann offenbar neugierig zu, wie der Maler den Pinsel mit großer Behutsamkeit in die grüne, eher dunkelgrüne Farbe tunkte, dann vorsichtig am Rand der Dose abstrich, bevor er ihn ganz herauszog. Der Maler drehte den Pinsel zweimal um dessen Achse und begann gefühlvoll und mit großer Sorgfalt das Fenster neben seinem Sitz zu bemalen. Er machte seine Sache sehr geschickt, berufsmäßig, kein Tropfen Farbe fiel herunter. Sein Gegenüber rückte ein wenig zur Seite, beugte sich vor, verharrte, sein Mund öffnete sich, ohne dass ein weiterer Muskel in seinem Gesicht zuckte. Ohne sich durch den Zuschauer stören zu lassen, setzte der Maler sein Werk fort. Bald war die ganze Scheibe bemalt, der Maler strich nun mit konzentrischen Kreisen um die Scheibe herum, die bemalte Fläche wuchs, er stand auf, kletterte auf den Sitz und strich behände die Decke des Waggons. Erst jetzt wurden die anderen Fahrgäste auf ihn aufmerksam, jedoch unternahm niemand den Versuch, seine Arbeit zu behindern. Es wurden lediglich Köpfe geschüttelt, man dachte, es habe schon seine Richtigkeit, man war ja einiges gewöhnt in letzter Zeit, oder man flüsterte etwas über einen Irren. Die nächste Station. Ein- und aussteigen, Weiterfahrt. Der Maler hatte in Windeseile die rechte Sitzecke des Abteils dunkelgrün gestrichen. Die Farbe ging zur Neige, Endstation. Der Maler verließ mit den anderen Fahrgästen den Wagen, sein Gegenüber grüßte noch; er setzte sich auf dem Bahnsteig auf eine Bank und wartete auf den Zug zurück in Richtung Stadt.

Der Oberboss

Der Oberboss

Der Oberboss dreht Däumchen. Er sitzt an seinem Schreibtisch aus dunklem Tropenholz, für den zwei Schimpansenfamilien sterben mussten, und hat die Füße mit den schwarzgelackten Lederschuhen auf der vorderen Kante abgelegt. Krokodilleder, versteht sich. Die Tastatur seines mehr als teuren Computers glänzt ebenfalls schwarz. Er leckt sich über die weißen Vorderzähne, besieht sich die braunen Hände. Die Nägel hat er sich grad gestern von einer zierlichen Japanerin feilen lassen. Draußen vor der Tür sitzen seine Mitarbeiterinnen, ausschließlich Frauen. Versteht sich. Frauen sind viel leichter zu triezen, die mucken nicht so schnell und halten den Mund. Ist ja klar. Die sind froh, wenn sie überhaupt angestellt werden und etwas Geld verdienen. Ein bisschen arbeiten, statt den ganzen Tag Kinder zu versorgen. Die kuschen wenigstens. Besser als der überhebliche Teamleiter, der ihm schon seit einiger Zeit ein Dorn im Auge ist. Männliche Untertanen machen den Oberboss wuschig. Der Teamleiter wird bald abgesägt, der lacht einfach zu viel. Und Lachen heißt, dass nicht gearbeitet wird. Kein Lachen bedeutet Zeit für ein weiteres Projekt und mehr Geld für den Oberboss.
Mit seinem neuen Ferrari kommt er auf den Hof gepeitscht. Schwarz glänzend. Versteht sich. Dass über ihn gelästert wird, weil er sich ein neues Auto leistet, statt seine Mitarbeiter besser zu bezahlen, während er immer davon

spricht, wie schwer doch die Lage eines Unternehmens zu diesen Zeiten sei? Ihm doch egal. Wer lästert, der fliegt. Zusammen mit dem Teamleiter in ein, zwei Tagen. Die Anwälte sind schon bestellt. Dann holt er sich einen neuen Herrn Teamleiter, der die gleichen Interessen hat wie er, aber besser mit Frauen kann als der Oberboss selbst. Sonst gibt es keine Männer, zumindest nicht hier im Büro. Auf dem roten Teppich schon, auf Gala-Abenden, zu Verleihungen und bei anderen Auftritten, bei denen sich der Oberboss gerne ablichten lässt. Mit einem der Schönlinge aus Funk und Fernsehen macht es sich doch gleich viel besser. In seinem Anzug. Schwarz glänzend. Versteht sich.
Seine Auftritte sind stets vielversprechend. Das wissen auch die schönen Jünglinge, denen er die Sterne vom Himmel verspricht. Nachts. Wenn der Himmel schwarz glänzt. Versteht sich. Die Geschichten gibt er dann im Büro zum Besten. Wem er den großen Durchbruch verkündet und wen er ganz groß rausbringt. Namen, große Namen. Geil. Dass keiner seine Geschichten hören will? Müssen sie aber, ihm doch egal! Wer nicht zuhört, der fliegt. Dass die anderen Mitleid haben? Nicht ganz so egal. Sie sollen Ehrfurcht haben und zittern! Der Oberboss haut mit der Faust auf den Tisch. Er erhebt sich von seinem Stuhl und schaut aus seinem Fenster hinunter in die Raucherecke. Da stehen sie wieder. Elender Frauenpöbel. Er öffnet das Fenster und schreit hinaus, wie weit das Projekt schon sei. Müsse ja fertig sein, so wie sie dort stünden. Er brauche sie jetzt.

113

Sofort. Versteht sich doch ganz von selbst. Zigaretten werden ausgedrückt, Gespräche eingestellt. Zufrieden schließt der Oberboss das Fenster und kehrt auf seinen Stuhl zurück. Wie egal ihm diese Projekte sind. Hauptsache, Geld, Hauptsache, alles nach seiner Pfeife. Schritte. Türenknallen. Sei ihm zu laut, verkündet er gleich. Dann wieder Däumchendrehen. Geil.

Er denkt an letzte Nacht. Da hätte er ihn fast gehabt, diesen einen Schönling, an den er so oft denkt. Den er immer anruft und der gestern ranging, als er gerade bei seiner Freundin war. Gerade dabei sozusagen. So richtig mittendrin. Geil. Geht trotzdem ans Telefon, wenn der Oberboss ihn anruft. Er ist eben wichtig. Das weiß er. Aber mit auf die Skireise wollte der Schönling nicht. Weiß der Oberboss jetzt auch nicht, warum.

Er schaut in den Himmel und denkt an früher. Als er noch Fließbandarbeiter gewesen ist und sich alle über ihn lustig gemacht haben. Über seine schiefe Visage. Wie er aussah in den Baumwollkitteln. Weiß, matt, scheiße. Wie alle seine Unfähigkeit kommentierten, dass er noch nicht einmal einfachste Fließbandarbeit einwandfrei hinbekam. Und wie sie alle guckten, als er verkündete, dass er eine große Erbschaft gemacht und sich davon ein Unternehmen gekauft habe. Ohne überhaupt je in dem Bereich gearbeitet zu haben. Aber reicht doch, dass er immer Unternehmer sein und ganz viel Geld machen wollte. Sein großer Traum. Gesichts-OP, nie wieder Baumwollkittel. Endlich in

Erfüllung gegangen. Eins-a-Unternehmer. Schön Leute beeindrucken, für sich springen lassen und attackieren. Wie seine Chefs vom Fließband es einst mit ihm gemacht haben. So. Alles kommt zurück. Wie es in den Wald hineinschallt. Geil.

Tim Breugel

Tim Breugel

Tim Breugel hat Bilder im Kopf und einen schwarz lackierten BMW vor der Haustür. Wenn jemand fragt, wer er sei, legt Tim Breugel den Arm auf das Dach des Autos, zieht lässig an seiner Zigarette, guckt seinem Gegenüber durch die verspiegelte Sonnenbrille fest in die Augen und antwortet: „Mein Name ist Breugel. Tim Breugel. Und ich bin Schauspieler." Das ist sein Aussortierspruch: Wer verdutzt guckt und sich ein Lachen verkneift, den mag er. Wer ihn als arrogant abtut, den meidet Tim Breugel.

Tim Breugel testet die Leute immer so, vor allem an einem ersten Drehtag wie diesem. Ein ganz spektakuläres TV-Filmhighlight soll gedreht werden, hier auf der Festung in Würzburg. Dicke Steinwände, tiefe Gräben, muffiger Geruch. Überall auf dem mittelalterlichen Gelände sind von einem Tag auf den anderen hunderte Menschen unterwegs, Wohnwagen mit Maskenbildnern und Kostümen haben sich vorne an der Mauer aufgereiht. Tim Breugel steht mittendrin, dreht den Stummel seiner Zigarette zwischen Daumen und Zeigefinger herum und beobachtet gespannt, wie die Leute am Set eine Kulisse aus längst vergangenen Zeiten entstehen lassen.

Er stößt Rauch durch die kleinen Löcher seiner großen Nase, die wie ein Fleischberg aus seinem Gesicht ragt. Die breiten Wangenknochen sind übersät von kleinen Aknekratern. Unschön, aber für eine Rolle wie die des

Bischofs Konrad II. von Thüngen ist sein Aussehen genau richtig. Das weiß Tim Breugel aus den Büchern, die sich jeder in der Universitätsbibliothek anschauen kann. Sieben Tage vor Drehstart ist er angereist, um alles zu lesen, was für seine Rolle interessant sein könnte. Um die Stadt einzuatmen und ihre Geschichte. Tim Breugel liebt Geschichten. Er liebt den Duft alter Bilder und Bücher, den Gilb, der sich von Jahr zu Jahr mehr an ihren Rändern festsetzt. Und er liebt solche Geschichten wie die des Bischofs, der einst religiöse Gegenspieler auf dem Scheiterhaufen verbrennen ließ. Diese Historie, aus der die Filme gemacht werden, für die Tim Breugel überall hinreisen würde. Dafür ist er Schauspieler geworden. Um diese Geschichten zu den eigenen zu machen und exakt so zu spielen, als wäre die Zeit stehen geblieben. Als wäre damals noch heute.

Und genauso macht er es auch jetzt, am ersten Drehtag, an dessen Ende wieder alle dastehen, ihm applaudieren und ihren Angehörigen am Telefon erzählen, wie einzigartig er sei und welche Ehre es doch sei, mit ihm, Tim Breugel, drehen zu dürfen. Doch ihm ist das egal, es geht ihm um die Rolle, nicht um den Applaus oder gar die Preise, die er jedes Jahr auf irgendwelchen Festivals oder dergleichen einheimst. Dort hinfahren und die Preise entgegennehmen tut er eigentlich nur, wenn er noch nichts über den Ort, an dem dies geschieht, weiß. Er hat das Gefühl, so viel Geschichte in sich hineinsaugen zu müssen, wie es nur geht.

Deswegen ist er an diesem ersten Abend auch nicht dabei, als das Filmteam noch zu Tisch geht. Er liest lieber. Er hat Angst. Er hat Angst, etwas gefragt zu werden und nicht antworten zu können. Alltägliche Fragen wie zu Freunden. Oder seiner Familie, oder wie er zum Schauspiel gekommen ist. Tim Breugel braucht die Geschichten mehr als jeder andere.

Eine junge Studentin sitzt an dem Tisch gegenüber, als Tim Breugel gerade eines der Bücher zu Maria Renata Singer aufschlägt. Eine der letzten Hexen, die auf dem Hochstift Würzburg getötet wurden. Kurz vor ihrer Enthauptung und der anschließenden Verbrennung hielt man sie in der Festung gefangen. Bei der Erinnerung an die eingestaubten Verliese, in denen eine der Szenen gedreht wird, schaudert es Tim Breugel. Er schüttelt sich und bemerkt, dass die junge Studentin aufmerkt. Sie guckt auf sein Buch, dann kommt sie zu ihm. Sie fragt nach dem Titel, doch Tim Breugel bringt als Antwort seinen Aussortierspruch. Die Studentin guckt ihn ungläubig an. „Aha", entgegnet sie knapp. Tim Breugel zwinkert und lacht kurz, dann erzählt er von dem Film, der gerade gedreht wird, dort oben auf der Festung. Sie hat davon gehört. Die ganzen Filmleute, die hochgebracht wurden, die Leute hier, die ganz aufgeregt sind, weil in ihrer Stadt gedreht wird. Sie ist Historikerin und arbeitet gerade an ihrer Dissertation zum Thema Hexenverbrennung. Vor allem Maria Renata Singer habe es ihr angetan, erzählt die Studentin, weil die sich so „dicht dran" anfühle. Alles, was ihr angetan wurde, sei genau hier passiert. Dort, wo sie, die junge Studentin, einige hundert Jahre später in einer Bibliothek sitzend nach Belegen suche. Nach schriftlichen Dokumenten, Einträgen in die Stadtchroniken oder Bildern, welche die Stadt zeigen, wie sie damals ausgesehen hat. Und sie könne dorthin gehen, zu den Orten auf den Bildern. Könne sehen und fühlen, was dahinterstecke, hinter den Orten, welche Geschichte sie in sich trügen. Tim Breugel hört ihr gebannt zu. Er liebt solche Geschichten. Er stellt sich vor, mit der jungen Studentin gemeinsam zu lernen, zu lesen. Mit ihr befreundet zu sein. Mit ihr zu schlafen. Er lädt sie ans Filmset ein und gibt ihr seine Handynummer. Abends, im Bett seines Hotelzimmers, denkt er immer noch an sie, stellt sich vor, wie es wohl wäre, ihr Freund zu sein. Tim Breugel liegt in seinem Bett, starrt an die Decke des Zimmers und denkt sich eine neue Rolle aus. Die Geschichte des Mannes, in den sich die junge Studentin verliebt.

Seine Darbietung des Bischofs am nächsten Tag fällt kläglich aus. Aber das ist Tim Breugel egal. Die junge Studentin ist da, Anna heißt sie, und hat gerade nach ihm gefragt. Tim Breugel ist der Mann, der mit seinem Geschichtswissen glänzt. Der Mann, der Anna zum Lachen bringt und sie nach Drehschluss zum Essen einlädt. Der Mann, mit dem Anna stundenlang bloß über diese längst zurückliegenden Zeiten spricht, ohne auch nur ein einziges Wort über sich selbst zu verlieren. Über den Anna kaum etwas weiß, als sie ihn nach dem Essen das erste Mal mit zu sich nach Hause nimmt. Der sich Fotoalben aus dem Regal nimmt, darin herumwühlt, als sie kurz im Bad verschwindet. Der Bilder in der Hand hält, auf denen sie, Anna, als kleines Baby nackt über den Rasen krabbelt und die Anna niemals einem ihr Fremden gezeigt hätte. Fotos liegen auf dem Boden. Der Mann hat sie allesamt aus den Alben gepult. Anna dämmert, dass es ein Fehler war, diesen Mann mit zu sich zu nehmen. Sie sagt, dass man so etwas nicht mache, doch Tim Breugel bleibt in seiner Rolle. Er sagt, dass all dies doch gar nicht schlimm sei, denn er sei doch der Mann. Der Mann, in den sich Anna verliebt habe. Der ihr Freund sei und mit dem sie schlafe. Der alles von ihr wissen dürfe, auch wie sie als Baby nackt über den Rasen gekrabbelt sei. Doch Anna schüttelt ihr braunes Haar, sodass es an den roten, schreienden Lippen hängen bleibt. Nein, so sei das alles nicht. Tim Breugel merkt, wie er den Halt verliert und aus der Rolle fällt. Er fühlt sich wieder wie er selbst. Wie ein Niemand ohne Geschichte. Er beginnt zu zittern, sein Blick wird panisch, er muss sich sortieren, doch Anna hört einfach nicht auf zu reden. Er nimmt ein Kissen und stopft es ihr zwischen die roten Lippen, direkt in den Mund. Aber er kann sie immer noch hören. Diese Rufe, die seine Geschichte, seine Gedanken stören. Tim Breugel greift zu einem Gegenstand, der aussieht wie ein Pokal, und drückt ihn in das Kissen hinein. Zwischen die roten Lippen, immer tiefer. Drückt ihn durch das Kissen hindurch in den Rachen, bis dieser ebenso rot und glutheiß ausläuft wie Annas Lippen. Es ist still, als Tim Breugel den Pokal loslässt. Er sieht auf die junge Studentin, die dort auf dem Boden liegt. Saß sie nicht eben noch vor ihm in der Bibliothek? Dann sieht er die Bilder, die vielen Fotos, die auf dem Boden so verloren aussehen.

Ich selbst habe sie gefunden, irgendwann, eines Tages als ich auf der Suche nach ein paar Eiswürfeln die Tür des Gefrierschrankes öffnete. Der Nebel alter Eiskristalle schlug mir entgegen, durch den ich zunächst bloß lauter lose Blätter sehen konnte. Ich hielt sie für eine Vielzahl von zusammengefalteten TK-Kost-Verpackungen. Erst als sich der Nebel lichtete, sah ich sie: hunderte Fotos von Kindern, alte vergilbte Bilder, welche die Fächer des Gefrierschrankes dominierten. Es waren Personen, die ich nicht kannte, die ich noch nie mit Tim zusammen gesehen hatte. „Ist alles in Ordnung?", rief Tim von draußen. Er saß auf der Terrasse und wartete auf Eiswürfel für die Weißweinschorle, mit der wir einen der letzten Sommerabende in diesem Jahr genießen wollten. Doch ich war wie erstarrt bei dem Anblick dieser vielen Fotos, die da überall an den Seiten des Gefrierschrankes hingen und auf den Fächerböden lagen. Eines der Bilder fiel mir auf, weil es im Gegensatz zu den anderen ein neueres war. Eine junge

Frau war darauf zu sehen. Ihr dunkles langes Haar wehte ihr um die roten Lippen und sie kam mir irgendwie bekannt vor. Ich konnte nicht glauben, was ich dort sah, diese hübsche junge Frau, all die Fotos mussten alte Bilder von weiteren Frauen sein, die Tim vor mir verstecken wollte. Wir kannten uns erst seit einem halben Jahr, und doch hatte ich des Öfteren schon den Eindruck gehabt, dass Tim etwas vor mir verheimlichte. Er redete so selten über sich. Und er vergaß auch so schrecklich viel. Es war manchmal, als spiele er bloß eine Rolle. Eine Rolle ohne Vergangenheit. „Was machst du da?" Ich erschrak, als Tim mit einem Mal hinter mir stand und auf all die Fotos blickte, die aus den Fächern ragten und in meiner Hand zitterten. „Was sind das für Fotos?", fragte Tim wieder. Ich guckte ihn verdutzt an. „Das frage ich dich!", rief ich und schmiss sie ihm entgegen. Ein Regen aus Bildern ergoss sich auf den Küchenfußboden, doch keines von ihnen traf Tim. „Ich ... ich weiß es nicht. Woher kommen die alle?", fragte er. Ich konnte keinen klaren Gedanken fassen. Stattdessen hielt ich Tim wortlos das Bild der jungen Frau unter die Nase. Er schüttelte den Kopf, immer und immer wieder. „Wer ist das?", fragte ich endlich. „Ist das eine Geliebte von dir?" – „Nein ... Ich weiß nicht, wer das ist, wer das sein soll auf all diesen Bildern. Wer ist das, wer hat die da reingetan, da will mir jemand etwas Böses, ich kann nicht ... Ich weiß nicht ... Ich bin doch nur der Mann, in den du dich verliebst ..." Ich konnte nicht glauben, was ich da hörte. „Gar nichts bist du,

Tim!", rief ich. „Gar nichts!", rief ich wieder, doch eine Küchenrolle zwischen meinen rotgeschminkten Lippen brachte mich zum Verstummen.

Berlin, 13.10.2014 – Gestern wurde Schauspieler Tim Breugel (u. a. TV-Drama „Der Bischof von Würzburg") in seiner Berliner Wohnung nahe Kreuzberg vorläufig festgenommen. Es besteht dringender Tatverdacht wegen mehrfachen Mordes. Nachbarn hatten gegen 21 Uhr einen lauten Streit gehört, der abrupt endete, und umgehend die Polizei verständigt. Die Polizisten mussten gewaltsam in die Wohnung eindringen, in der sie den Schauspieler neben seiner Freundin, Janine Wegener, am Boden kauernd vorfanden. Augenscheinlich wurde die 25-Jährige mit einer Küchenrolle geknebelt und anschließend mit einer leeren Weinflasche niedergeschlagen. Neben der Tatwaffe konnte die Polizei mehrere hundert Fotos sicherstellen. Diese wurden bei früheren Morden an jungen Frauen aus den Wohnungen der Opfer entwendet. Die Polizei untersucht derzeit die genaue Herkunft der Fotos und überprüft die daran befindlichen DNA-Spuren.

Kurios: Wie die Polizei mitteilen ließ, kann sich der Schauspieler an keine Tat erinnern. Bereits zuvor hatte Tim Breugel durch Interviews, in denen er immer andere Lebensangaben machte, den Ärger einiger Publizisten auf sich gezogen. Ärzte vermuteten dahinter eine genetisch bedingte Amnesie: Tim Breugels Mutter, Naomi Breugel, ebenfalls eine erfolgreiche Schauspielerin, hatte sich 1990 aufgrund von einer Gedächtnisstörung im elterlichen Haus vor den Augen ihres Sohnes erhängt.

Diese Geschichte erschien in veränderter Fassung unter dem Titel „Im Gefrierschrank" 2015 in der Anthologie „Scharf geschossen mit der Kamera. 23 Fotokrimis aus Franken" im K & N Verlag Würzburg.

Die Heide

Die Heide

Eigentlich wachsen Heidekräuter aus dem Boden Südafrikas oder Madagaskars heraus und legen sich in voller Blüte über die Landschaft. Heute aber wuchs ein Heidebusch in schwarzer Blumenerde aus dem Asphalt. Mitten auf der Straße.

Als wir in der Dämmerung auf dem Bürgersteig angelaufen kamen, sah ich ihn schon von weitem. Genau in der Mitte einer kleinen Kreuzung. Bei näherem Betrachten wuchs er jedoch gar nicht, sondern lag zerschmettert dort am Boden. Links und rechts kein Balkon, von dem aus jemand ihn hätte hinabwerfen können. Auch war weit und breit kein zerbrochener Topf zu sehen, nur die Erde und das Kraut. Es war, als wenn jemand die Heide mit einem groben Griff und sämtlichen Wurzeln nebst Erde ausgerissen und vom Himmelszelt herabgestoßen hätte. Vielleicht von einer Wolke, vorher war der exakte Mittelpunkt der Straße als Ziel markiert worden. Hand in Hand überquerten wir die Kreuzung, um ganz nah dran zu sein an dem zerschmetterten Heidekraut. Das arme Ding reckte seine Ärmchen verzweifelt aus dem schwarzen Sand, als würde es von ihm festgehalten und nach unten gezogen werden. Wie Treibsand. Bäume schlagen ihre Wurzeln durch den Asphalt der Straße, warum also nicht der Sand seine Körnchen? Als wir auf der anderen Straßenseite angekommen waren, fand ich etwas, das einst zu diesem Bild dazugehört haben musste: einen weißen Bastkorb. Er stand etwas hinter einem der parkenden Autos, deshalb war er uns nicht sofort aufgefallen. Länglich, mit Platz für zwei Blumentöpfe. Doch darin stand nur ein einzelner Topf, gefüllt mit einem weiteren Busch lieblich schimmernder Heide. An dem hinteren, länglichen Rand des Korbes befanden sich zwei Haken, die wahrscheinlich zum Befestigen an einem Balkon dienen sollten. Doch die Balkone gingen alle zum Hinterhof hinaus, keiner war gen Straße gerichtet.

Der andere Topf wartete seelenruhig am Straßenrand und blickte auf das zerstörte Etwas in der Mitte. Vielleicht hatte jemand die zwei mit seinem Rad nach Hause befördern wollen, der Korb war etwas unglücklich zur Seite gekippt, hatte den einen Heidetopf auf den Asphalt befördert, während er den anderen gerade noch so halten konnte. Unter Aufwendung aller Kraft hatte der Bastkorb ein Leben gerettet. Das war die harmlose Variante. Doch warum stand der Korb dann jetzt noch hier am Straßenrand, hinter einem parkenden Auto? Hatte doch jemand den zweiten Heidestrauß genommen und voller Wut auf die Straße geschleudert? Ein Streit vielleicht, eine Trennung und ein Strauß weicher Heide, der einen einst geliebten Menschen mit voller Wucht treffen sollte. Die eine Heide von der zweiten wegnehmend. Ich stellte mir vor, wie ein geliebtes Ding vor den Augen eines anderen blindlings zerstört wurde. So zerstört, wie die Scheibe der Bushaltestelle es war, ein paar Meter neben uns. Ich hatte sie erst jetzt entdeckt, als ich meinen Blick auf der Suche nach weiteren Hinweisen auf den Heidekrautmörder schweifen ließ. Ein Auto mit Blaulicht brauste heran und hielt mit quietschenden Reifen vor der Bushaltestelle. Eine Polizistin stieg aus, umwickelte die Haltestelle mit Absperrband, bevor sie sich die zerbrochenen Scheiben besah und dazu etwas auf ihrem Block notierte. Ich hatte ein flaues Gefühl im Magen. Irgendetwas stimmte hier nicht. Wir standen immer noch auf demselben Fleckchen Bürgersteig und verharrten stillschweigend nebeneinander. Es fühlte sich an, als hätte hier jemand gewütet und zwischen den Wohnhäusern seinen Aggressionen freien Lauf gelassen. Du und ich, wir waren zum Glück wieder einmal viel zu spät dran. Sonst wären wir dem Heidemörder womöglich direkt in die Arme gelaufen. Wie ein Markenzeichen, das Killer in Form von Schakalfiguren oder roten Federn am Ort des Verbrechens hinterließen, lag hier nun dieses violette Unkraut. Mitten auf der Straße. Kein Ort, an dem man eine Leiche vergraben, wohl aber einer, an dem man Zeichen setzen konnte. „Erica", deine Stimme riss mich aus meinen gedanklichen Verirrungen. „Können wir jetzt bitte nach Hause gehen. Mir ist kalt." Ich ließ deine Hand los und steuerte auf die Polizistin zu. Sie hatte uns bereits bemerkt, dieses stille und etwas seltsam wirkende Pärchen. Sie, groß und kräftig, die Hände wie Pranken und Hüften voller Gold. Er, klein und schmächtig, mit einem Höcker auf der Nase, der die viel zu schwere Brille nicht oben halten konnte.

Seine Jacke war ein paar Nummern zu groß und schlackerte in der Brise an dem schmalen Körper hin und her.

Die Polizistin beäugte misstrauisch, wie die Frau mit stampfenden Schritten auf sie zukam. „Was ist denn hier passiert?", fragte sie mit lauter, tiefer Stimme. „Tja …", mit zuckenden Schultern sah die Polizistin auf ihren Notizblock. „Das wüsste ich auch gerne. Sieht nach reiner Zerstörungswut aus, kommt ab und zu vor. Wohnen Sie hier in der Gegend?" – „Ja", antwortete die Frau. „Drüben in der Kleinen Tiefseestraße. Aber warum kommt hier denn gleich die Polizei?" Die Polizistin lächelte. Sie kannte diese Art neugieriger Menschen. Gelangweilt vom eigenen Leben, angewidert vom eigenen Dasein. Diese Menschen hoben jede Information wie ein Fundstück vom noch so dreckigen Boden auf, um sie anderen zu zeigen. Dieser neue Tratsch, der das Leben etwas erträglicher machte, der ablenkte vom eigenen verhassten Dasein. „Wie ich weiß, ist es hier bereits häufiger zu derlei Zerstörungstaten gekommen. Haben Sie da mal etwas beobachtet oder eine Idee, wer dahinterstecken könnte?" Die Frau schüttelte nur den Kopf. „Nein", murmelte sie und sah zu dem dünnen Mann hinüber, der immer noch zitternd an der Ecke stand und auf das zerstörte Heidekraut starrte. Die Polizistin hatte ein flaues Gefühl im Magen. Irgendetwas stimmte hier nicht. Der kleine Mann dort sah aus wie ein abgerichteter Hund, der frierend auf sein Frauchen wartete. „Nein, direkt beobachtet habe ich nichts, nein. Natürlich habe ich von ein paar dieser Sachen gehört. Wir sind dann dort vorbeigelaufen und haben geguckt, ob noch etwas zu erkennen oder zu entdecken ist. Aber aufgefallen ist mir nichts, nein. Und kleine Zankereien unter Nachbarn kommen ja in der besten Wohngegend vor …" Die Polizistin merkte auf. „Ach ja?", fragte sie. Die Frau nickte und sah wieder zu ihrem Hündchen herüber. „Wer wirft bloß einen Strauß Heidekraut mitten auf die Straße?", sagte sie. Aber sie sprach mehr mit sich selbst, so schien es. Komisch, dachte die Polizistin. „Was ist mit Ihrem Mann, könnte der etwas gesehen haben?", fragte sie. Energisch schüttelte die Frau den Kopf. „Nein", gab sie barsch zurück. „Der sieht und hört nichts."

Ich dachte daran, wie lange wir uns schon nicht mehr richtig angesehen und uns zugehört hatten. Wir konnten Hand in Hand die Straße hinabgehen, ohne wirklich beieinander zu sein. Meine schmerzende Hand in deiner kalten. Erica, Erica, sagst du bloß. Nach all den Jahren langweilt es mich zutiefst. Und am liebsten würde ich dann jedes Mal etwas nach dir werfen. Etwas Schweres mit vielen kleinen Scherben darin. In meine Gedanken vertieft entfuhr mir ein lautes Schnauben, ich zuckte von dem lauten Geräusch zusammen und blickte der Polizistin fest in die Augen. „Na, dann noch viel Erfolg bei der Spurensuche", sagte ich, während ich mich wegdrehte und auf dich zuschritt. Ich ging wieder an dem Korb vorbei und hob ihn mitsamt dem vereinzelten Blumentopf auf, packte mit der rechten Hand deine linke. „Aua. Erica", jammertest du und ich zischte bloß: „Hab dich nicht so!" in dein linkes Ohr. So liefen wir hinauf in unsere Kleine Tiefseestraße, ohne auch nur ein Wort miteinander zu sprechen. Diese Stille, die schon seit Jahren zwischen uns ist und nicht weggeht, egal was ich auch tue. Die heile Heide im Schlepptau und ohne dass auch nur irgendwer uns gesehen hätte, kehrten wir in unsere kleine Wohnung zurück. Oben angekommen, hängte ich den Korb zurück an unseren kleinen verdreckten Balkon, der zum Hinterhof rausging. Ich erhaschte einen Blick auf mein Gesicht in den Spiegelungen der Balkontür und konnte nicht anders, als mich hundeelend zu fühlen. Ich griff nach dem Topf mit dem Strauch lila leuchtender und duftig-blumiger Heide. Du zittertest am ganzen Leib. „Erica. Nicht." Doch es war schon zu spät. Der Schakal in meinem Nacken, ein weiterer Heidefleck an deiner Wange. Ein weiterer roter Striemen, der wie eine Feder deinen Körper streichelte.

Aserbaidschanischer Traum – eine Frau in Baku

Aserbaidschanischer Traum – eine Frau in Baku

Das Präsidentenhandy klingelte. Mahammad, der Präsident der sozialen Organisation, in der Narmina Geschäftsführerin war, rief sie heute Morgen bereits zum vierten Mal an. Das erste Mal erwischte er sie unter der Dusche, wo sie verzweifelt versuchte, mit den seifigen Händen Haltung zu bewahren und das Frösteln aus ihrer Stimme herauszuhalten. Sie hatte das Wasser mit ihren glitschigen Händen abgedreht und nahm nackt und nass die ersten Aufträge des Tages entgegen. Aufträge, die häufig mit ihren eigentlichen Aufgaben nichts zu tun hatten, sondern meistens mehr mit seinen Bankgeschäften. Geschäfte, die für Mahammad Sein oder Nichtsein zu bedeuten schienen. Was wohl auch so war, das wusste sie. Im Hauptgeschäft war er Inhaber einer Privatbank. Und die Lizenz galt nur so lange, wie der Staatspräsident es gestattete.

Nun musste sie sich beeilen, das Frühstück fiel aus. Ihr Fahrer wartete bereits seit einer Weile vor ihrem Haus. Meistens geduldig, nur der jeweilige Fahrstil ließ sie seinen Gemütszustand erahnen.

Weil es schon nach 9.00 Uhr war, hatte Narmina sich hastig von ihrem Mann und Sohn verabschiedet. Ihre Tochter Seyla schlief wie immer noch. Mit 21 Jahren noch unverheiratet, lebte diese kraftraubende Person zwangsläufig im Elternhaus. Das war eine Selbstverständlichkeit für eine unverheiratete junge Frau. Narmina empfand aber zunehmend eine Unlust, Seylas Launen zu ertragen. Seyla war nicht einmal in der Lage, aufzuräumen, einzukaufen oder sich selbst etwas zu essen zuzubereiten. Wenn es dann nichts zu essen gab, hungerte sie. Sprach Narmina sie darauf an, knallte sie mit den Türen oder meinte, dass ihre Mutter froh sein könne, dass sie noch nicht verheiratet sei. Nicht nur diese Übellaunigkeit und Undankbarkeit, alles wollte Narmina am liebsten aus ihrem Leben streichen. Ihren Mann Adil, ihre Tochter und ebenso ihren Sohn Dzhamil, den sie für ihren zweiten Mann hatte gebären müssen, wie sie es vor der Hochzeit versprochen hatte. Adil war ihr zweiter Mann nach einer gescheiterten ersten Ehe. Adil, einst ihre große Liebe. Oder war es umgekehrt, war sie mehr seine große Liebe gewesen? Was hatte sie eigentlich gewollt? Sie wusste es nicht mehr.

Narmina stand gern spät auf; sie liebte es, möglichst lange in der Welt der Nachtschatten für sich ganz allein zu sein oder ihren Traum zu träumen. Ihren immer wiederkehrenden Traum, der sie weit weg führte, in dem sich ihr Körper und ihre Gedanken leicht anfühlten. Das langsame Erwachen genoss sie ausgiebig, länger, als es eigentlich sein durfte. Dennoch war sie nie ausgeschlafen. Auf diese Weise in den Tag zu gleiten war einfach notwendig, da sie immer erst spät einschlief, wenn die hilfreichen, Schlaf bringenden Tabletten endlich ihre Wirkung zeigten. Als sie in den Wagen stieg, sah sie gerade noch die Nanny ihres Sohnes in das Haus gehen. Der Wagen fuhr an; mit einem letzten Blick erfasste Narmina alles, was sie innerlich absterben ließ. Der Ort, an dem sie in einer Schutzhülle und nicht als Frau, Mutter und Ehefrau lebte. Geschweige denn als Lady, die sie noch leise in sich hörte. Ihre Fassade gestaltete sie entsprechend des Bedürfnisses ihres Ichs. Perfekt geschminkt im engen Kleid und auf hohen Absätzen. Sie unterschied sich sehr von der Frau, die ihre Tochter im Alter von 19 Jahren zur Welt gebracht hatte, nachdem sie den ihr zugedachten ersten Mann geheiratet hatte. Dann brach die Sowjetrepublik auseinander. Aserbaidschan hatte sich nach Westen orientiert; Narmina konnte und wollte sich mit der Zeit nicht mehr nur auf dieses Leben einrichten. Studieren wollte sie. Ihr Mann konnte eine gebildete Frau an seiner Seite nicht ertragen. Jedes Buch, das sie las, musste sie mit Schlägen und Demütigungen bezahlen. Eingesperrt in ihrem Zimmer studierte sie die Bücher, die sie in ihrer Kleidung versteckt ins Haus geschmuggelt hatte. Getreu den Geboten des Islams: Die Intelligenz zu nutzen und Erkenntnis zu erlangen ist nicht nur die Verpflichtung für jeden Mann, sondern auch für jede Frau. Wenn sie ihm allerdings diese Regeln vorhielt, schlug er sie. Die Familie drängte sie, zur Vernunft zu kommen. Sie solle gehorsam sein.

Der Fahrer schlängelte sich hupend durch den Verkehr, für den es keine Regeln zu geben schien. Er wollte seine Chefin schnell im Büro abliefern, damit er noch ein Medikament für seine Frau besorgen konnte. Obwohl er nur ein paarmal am Tag fahren musste, hatte er einen langen Arbeitstag vor sich. Häufig verbrachte er seine Zeit mit Warten in der Kantine, die eher einer Küche ähnelte, bis in die späten Abendstunden hinein. Manchmal verharrte er auch stundenlang vor Ministerien oder Restaurants. Seine Hauptbeschäftigung bestand aus Warten. Er beeilte sich, durch das Chaos zu fahren. Wer am schnellsten fuhr, am lautesten hupte oder gar die Gegenfahrbahn nutzte, hatte Vorfahrt. Das Telefon klingelte. Der Präsident der Organisation war wieder dran. Im wahren Leben war Mahammad ein Privatbankier, ein Freund vom großen Staatspräsidenten. Narmina kannte die Abhängigkeiten seit langem sehr gut. Manchmal fuhr ihr Chef mit dem Staatspräsidenten nach Malta. Sie nannte diese Reisen „Brieftauben füttern". Als ehemalige Mitarbeiterin der Weltbank hatte sie eine Ahnung, was diese Reisen bedeuteten. Reichtum allein machte aber auch hier in Baku nicht unbedingt frei. Selbst dann nicht, wenn es einem der präsidiale Luxus erlaubte, einmal kurz am Wochenende nach Italien zu fliegen, um in einer Wellnessoase zu entspannen. Das machte Mahammad regelmäßig, meistens mit seiner Frau. Doch ein Fehler, ein falsches politisches Wort konnte das alles zunichtemachen. Die Gefahr des Verlustes seiner Banklizenz trieb ihn an, alle anderen um sich herum zu kontrollieren, um im Spiel bleiben zu können. Doch wie kritisch sie es auch sehen wollte, die Wochenenden, an denen sich ihr Präsident erholte, waren auch die angenehmeren für Narmina. Das Telefon blieb dann für längere Zeit stumm.

Der Verkehr stockte wieder einmal. Narmina wollte nun schnell an ihren Schreibtisch. Der Präsident hatte sich bei seinem letzten Anruf kurz gefasst und lediglich eine Anweisung gegeben, rief aber nun alle fünf Minuten wieder an, weil ihm noch etwas eingefallen oder etwas zu korrigieren war, was er sofort brauchte. Im Schritttempo ging es voran. Langsam senkte sich auch die Dunstglocke über Baku, die Stadt der Winde, die aber nicht stark genug bliesen, um den Smog aufzuhalten. Sie sorgten lediglich dafür, dass der Staub, der den unzähligen Baustellen entsprang, durcheinanderwirbelte und sich auf die Karosserie legte. Der Fahrer wendete den Wagen auf der sechsspurigen Straße, ließ die in den letzten Jahren neu gebauten Prachtbauten hinter sich zurück und bog in eine kleine, mit Schlaglöchern übersäte Seitenstraße ein. Der Staub zwang ihn, die Wagenfenster trotz der Wärme geschlossen zu halten. Von bezahlten Entmietern zerstörte Häuser, Mauern mit abgeplatztem Putz und Bauschutt bildeten die Kulisse für die Fahrt auf Schleichwegen. Häuser, aus denen man dann rechtzeitig herauskommen musste, wenn es plötzlich nachts brannte, weil man nicht bereit gewesen war, für 30.000 Manat zu verschwinden und sich weit außerhalb der Stadt eine Wohnung zu suchen. Die Mafia der Bodenspekulanten arbeitete skrupellos und erfolgreich. Mit den vorbeifliegenden Ruinen verflüchtigten sich diese Gedanken. Narminas Überlegungen waren jetzt nach den Anrufen auf den letzten Kongress der Organisation gerichtet, an dem auch Aydin teilgenommen hatte. Der Vorgänger ihres jetzigen Bosses. Aydin hatte die Organisation aufgebaut und war mit seinem Team sehr erfolgreich gewesen. Unerwarteter Erfolg in einer Organisation, die lediglich dazu dienen sollte, den Schein sozialen Engagements eines Unternehmers zu wahren, war einigen ein Dorn im Auge. Er war mit seinem sozialen Engagement zu weit gegangen. Deshalb musste Aydin seinen Job wechseln, auch sein Team wurde ausgetauscht. Nun war er die rechte Hand eines Ministers, Narmina seine Nachfolgerin. Um was es genau ging, hatte sie nie erfahren. Das war eine Bedingung für privaten Reichtum: Man musste sich einen sozialen Anstrich geben, sich sozial engagieren oder zumindest erfolgreich den Schein des Sozialen wahren. Nach „Oben" scheitern und befördert zu werden, war eine angenehme Variante von möglichen Sanktionen, wenn man seine Rolle falsch interpretierte. Diese Tage bot Aydin Narmina eine Stelle im Ministerium an. Mit der Aussicht, das Dreifache des jetzigen Gehaltes zu verdienen. Eine kleine Verunsicherung empfand sie dabei. Warum machte er das? Sie zog einen Wechsel manchmal in Erwägung, schließlich war das Angebot verlockend. Ein Machtspielchen vielleicht. Es wäre ein 9-bis-19-Uhr-Job mit guter Bezahlung. Reizvoll, aber die dritte oder vierte Position in der Hierarchie. Sie kannte ähnliche Strukturen

durch ihre langjährige Arbeit bei der Weltbank. Jetzt konnte sie in ihrer Organisation viel bestimmen – aber wurde verfolgt: vom Präsidenten bis unter die Dusche und ins Schlafzimmer; von den Gedanken, die sie sich über ihre Mitarbeiter machte, wenn sie nicht bereits halbtot im Bett lag, tot in ihrer Ladylike-Hülle. Ja, Lady wollte sie sein, sich als Lady fühlen. Das wiederholte sie wie ein Mantra. Zehn Zentimeter hohe Absätze, enges blaues Kleid; die traurig blickenden braunen Augen, die sie morgens im Spiegel ansahen, wurden hinter der großen dunklen Sonnenbrille verborgen und die Haare streng nach hinten gebunden. Jeden Tag musste sie sich in einer Rolle beweisen, die sie eigentlich nur von 9 bis 14 Uhr spielen dürfte. Alles Weitere hatte ihr der Arzt verboten. Danach würde sie nicht erneuerbare Energie verbrauchen. Sie war erschöpft von den verschiedenen Rollen, die sie spielen musste. Entkräftet von den gesellschaftlichen Widersprüchen. Aber ihre Vision, hier etwas bewegen zu können, trieb sie an. Immerhin hatte sie freie Hand, einige Leute auszuwechseln. Die Schulfreunde des Staatspräsidenten, die entfernten Onkel, ein Cousin vielleicht oder diejenigen, die in einem Versorgungsgeschäft auf Gegenseitigkeitsbasis für gute Beziehungen sorgten? Vielleicht. Dann war da noch der Spitzel im Büro. Den würde sie sicher nicht loswerden. Den gab es in jeder Organisation. Jemanden, der nicht wirklich arbeitet. Sie versuchte, sich nicht beeindrucken zu lassen.
Als Narmina endlich im Büro eintraf, war alles ruhig, wie

immer. Wie üblich saßen die Männer vor ihren PCs, telefonierten oder waren noch gar nicht da. Ihre Assistentin war eine wache junge Frau, schlank, klarer Blick, zuhörend. Ähnlich verhielt es sich mit den anderen jüngeren Frauen in ihrem Büro, die alle mehr Energie versprühten als die meisten männlichen Kollegen. Sie wussten wenig über die Hintergründe ihres Arbeitgebers. Niemand hier hatte allzu große Erwartungen. Engagement wurde vorsichtig gezeigt, immer mit der Möglichkeit, auch einen Schritt zurückzugehen. Andere waren nicht bereit, sich ohne zusätzliche Bezahlung anzustrengen, und drückten ihre Demotivation mit Schweigen, Flucht in eine Krankheit oder verbal aggressiv aus. Die Arbeit mit den Mitarbeitern gestaltete sich wie die Arbeit mit einem Sandhaufen. Immer wenn sich jemand, den sie aufgebaut hatte, weiter nach oben gearbeitet, gewagt hatte, gab der Sand lächelnd nach. Mittags floh Narmina, wenn es nicht zu heiß war. Hinaus auf die staubigen Straßen, hinein in den Baulärm, um in einem der kleinen Läden Früchte, Brot oder Lebensmittel zu kaufen. Von diesen Läden existierten an jeder kleinen Straßenecke welche, hunderte über die Stadt verteilt; häufig nur kleine Verschläge, wie an die Hauswand geklebt. Manchmal kaufte Narmina etwas Kuchen von einem Bäcker, der ihr das Päckchen direkt aus der Backstube durch ein Fenster auf die Straße hinausreichte. Ein kurzes Stück weiter die Straße hinunter standen vier Bänke vor zwei Tischen im Sonnenschein vor einem scheinbar baufälligen

Gebäude. Darin befand sich ein Restaurant mit überraschend annehmbarer Küche. Ein paar Mal hatte sie dort schon davor in der Sonne gesessen. Drinnen saßen meistens Geschäftsleute.

Hin und wieder verschaffte sie sich auch Platz, indem sie ihr rotes Kleid anzog. Die Macht dieser Farbe schüchterte ein, das hatte sie schnell erkannt. Dabei liebte sie dieses Kleid einfach, weil sie sich wohl darin fühlte und es nicht als Botschaft ansah. Gut, wenn es außerdem nützlich war, um ihre Fassade zu schützen, wenn sie erschöpft war. Das war eine ihrer kleinen Fluchten. Manchmal hing Narmina dann einem Tagtraum nach, in dem sie allein mit sich war, frei, das salzige Meer zu riechen, allem aus dem Wege zu gehen, ihrer Familie, ihrem Chef, ihren Gedanken, ihrer Tochter, die sich weigerte, im Haushalt zu helfen. Die aus ihrem Leben nichts machte, nicht für die Uni lernte, vor sich hinlebte. Dabei durfte sie alles, was Narmina nicht durfte. Der Sohn, den sie für ihren Mann geboren hatte, war für sie nicht leicht erreichbar. Der Sohn, der eine Bedingung für ihre Verbindung gewesen war. Vater und Sohn erlebten viel gemeinsam, spielten am Computer oder guckten Football. Wenn ihr Mann nicht vor dem TV-Gerät saß, chattete er auf Facebook oder spielte am PC. Drei Kinder habe ich zuhause, dachte sie. Ihr Mann hatte die Zeit, die ihr fehlte. Als selbstständiger Rechtsanwalt war er nicht ausgelastet, auch, weil er überwiegend für die politische Opposition arbeitete. Seine wohlhabende Familie hatte ihn nach der

142

Heirat enterbt und von den Privilegien der Oberschicht ausgeschlossen. Er musste das Apartment verlassen, in dem er gelebt hatte, verlor sein Auto und seinen Anteil am Familienvermögen. Als er Narmina kennenlernte, war er ein reicher Mann gewesen. Er konnte sich damals alles leisten und lebte im unbeschwerten Luxus. Jetzt war er nicht einmal mehr in der Lage, seine Familie zu ernähren. Er kann mich nicht beschützen, also muss ich arbeiten, das sagte sie sich klar. Wenn auch nicht so unter diesem Druck. Es musste Liebe gewesen sein, anders war es nicht zu erklären, dass er diese Schande auf sich genommen hatte. Man heiratete keine geschiedene Frau mit Kind. Und damit den Verlust seines Vermögens in Kauf zu nehmen, ja, das war wohl Liebe. Aber Liebe hält nicht ewig, wenn Status und Einkommen verloren gehen.

In dieses Zuhause machte sich Narmina am Abend auf den Weg. Es war bereits nach 19.00 Uhr und der Fahrer hatte es jetzt leichter, da der Verkehr um diese Zeit bereits abgeebbt war. In der Ferne leuchteten die drei im Lichtspiel entflammten Hochhäuser in der Nähe der Promenade, davor glitzerten die mit wechselnden Farben illuminierten Wasserspiele. Starbucks, KFC, McDonald's ergänzten diese Fassade. Mit ihrem Chef am Ohr betrat sie das Haus. Im Halbdunkel flimmerte der Bildschirm, auf zwei Stühlen verteilt hingen die Trikots zweier Footballmannschaften. Ein paar halbvolle Teller mit Resten des Abendessens und Schalen mit Nüssen standen auf dem Tisch. Narmina hasste das. Die Nanny war jetzt 65 Jahre alt, sie konnte nicht mehr richtig sauber machen. Und der war es egal, das wusste sie. Für Dzhamil war die Nanny die richtige Mutter. Sie war seit zwölf Jahren jeden Tag für ihn da, spielte mit dem Jungen, kochte für ihn seine Lieblingsgerichte. Würde man sie entlassen, käme sie nicht einmal mehr zu Besuch. Also machte Narmina selbst sauber. Klebrigkeit und Schmutz, selbst in einer kleinen Dosis, ertrug sie nicht. Ihr Mann machte nichts. Sie hatte ihn einige Male zum Einkaufen losgeschickt, mit dem Ergebnis, dass er sie öfter aus dem Laden angerufen und nachgefragt hatte, welche Milch er denn mitbringen solle, wie viel Fett die haben solle und welchen Reis er nehmen müsse. Jedes zweite Wochenende fuhr er zu seiner Mutter. Mit seinem Sohn. Narmina durfte nie mit. Die Schwiegermutter arbeitete konsequent darauf hin, dass ihr Sohn sich von ihr scheiden ließ. Mit seinen gerade einmal 40 Jahren wäre er noch jung genug, um es sich dann mit Hilfe des Familienvermögens leisten zu können, mit einer Jungfrau eine neue Familie zu gründen. Sie genoss es zwar auch, allein zu sein, aber immer begleitet von dieser Spur Gift. Nach der Hausarbeit am Samstagabend duschte sie, nahm ihre Tabletten und versuchte danach zu schlafen. Wenn sie Glück hatte, träumte sie dann ihren Traum. Wie im Himmel, erfüllt von einer Schwerelosigkeit. Befreit von Irdischem. Manchmal schien es ihr egal zu sein, wie der Weg aus ihrem Leben aussehen würde. Illusion, Tod oder Hoffnung? Vielleicht wie im Tod

144

bei vollem Bewusstsein, im Jenseits verschmolzen mit dem Universum. In einem Raum, der nach aller Existenz kommen soll. Ganz nah bei Gott, ohne tot zu sein. Bei sich, im blauen Meer am Bosporus. Allein, ohne Familie. Sie vermisste nichts, war in diesem Traum einfach sie selbst und konnte ihre Wirklichkeit gestalten. Keine Kinder, kein Mann, keine Schwiegermutter. Eine kleine Wohnung und Zeit, ein Buch am Strand zu lesen. Sie war selbst überrascht, wie leicht sie dieser Gedanke machte, in einer anderen Zeit an einem anderen Ort nichts zu vermissen. Das Telefon klingelte. Es war Adil.

Samstag

Samstag

Während in den Seitenstraßen die Hitze steht, wird in der Innenstadt die Luft bewegt.

Abertausende Menschen treibt es aus den dunklen vier Wänden in die Öffentlichkeit. Es ist nicht nur Sommer, es ist Samstag und der Teufel holt seine Marionetten aus der Puppenkiste. Unter dem Deckmantel der Demokratie lässt er die Leute alle am selben Tag raus. Denn dann ist Zeit zum Spielen und Fädenziehen. In den Supermärkten sorgt er dafür, dass die letzten, ohnehin schon verdorbenen Reste aus den Regalen gegriffen und in den Geschenkeläden die letzten Kärtchen aus den Fächern gezogen werden. Die Leute verwickeln sich in den Fäden der anderen und sehen zu, dass sie einander anrempeln.

Inmitten der Stadtbilder, der Puppen, der allsamstäglichen Gruppen von Menschen läuft eine dünne Frau schnurstracks an riesenhaften Schaufenstern vorbei, schlängelt sich zwischen Passanten durch, ohne nach links und rechts zu blicken. Es ist besser, nicht hinzuschauen, das weiß sie. Wenn sie nicht hinschaut, wird sie auch nicht von anderen gesehen, wird nicht angesprochen. Also heißt es ausweichen. Und sie weiß um die Tücken ihrer Ausweichmanöver. Sich einfach wegducken, das ist ihr Ding, das muss sie tun. Sonst erwischen sie die Ellenbogen der anderen und schleudern sie auf die Straße. Sie ist zu leicht, um standfest zu sein. Sie geht gebückt und strähnige

Haare fallen an ihrem Gesicht herab. Sie sieht scheiße aus. Dreckig und irgendwie verloren. Ihre Kleidung hat so einen muffigen Geruch, ausgeblichene Farben. Die Frau sieht nervös zu Boden, auf die Füße der Leute, um die sie herumtänzelt. Keinen anstoßen, keine Berührung riskieren. Sie kommt durch jede Lücke hindurch, das hat sie perfektioniert. Deshalb ist sie so dünn. Und geht so gebückt. Sie will nicht auch eine dieser Marionetten sein. Das hat sie schon vor längerer Zeit gemerkt, etwas, das nur sehr selten andere Leute wahrnehmen. Diese Puppen, die am Samstag genau das tun, was von ihnen erwartet wird. Sie macht da nicht mit, die wischt dem Teufel eins aus und geht ihm einfach durch die Lappen.

Es ist schon lange her, dass die Frau einen Zwang in sich festgestellt hat, damals, als sie frisch aus dem Studium ins Arbeitsleben eintrat: Sie fühlte sich wie ausgespien in eine Welt voller Grenzen, die aus Gesetzmäßigkeiten eine Ideologie machte. Die Ideologie des Mitmachens, die als die einzig wahre Freiheit verkauft wurde. Verkauft. Ausverkauft. Wie die Milchbrötchen an diesem Samstagvormittag. Alle glauben das Werbeversprechen: die einzigen, die saftigsten, die besten! Jeder muss sie haben! Denn wer sie nicht hat, der wird ausgeschlossen, dem fehlt etwas. Der verliert an Ansehen. Und dann rennen sie los, rennen hinterher. Keiner stellt Fragen. Nur die nervöse Frau spürt, dass das Werbeversprechen ein falsches ist. Das der Milchbrötchen genauso wie das des vorgegebenen, bewerbungstauglichen Lebenslaufes. Sie hat es wirklich versucht, hat bei so einem Unternehmen vorgesprochen, das den Sektor der billigen Publikums-Zeitschriften bedient. Mit Kreuzworträtseln, Rezepten und Diäten für die gutbeleibte Hausfrau. Die Frau hätte wissen müssen, dass sie dort nichts Gutes erwartet, aber sie war zu gutgläubig. So kam es dazu, dass sie für wenig Geld viel Zeit an einem Schreibtisch verbrachte, auf dem sich Tag für Tag unwichtige Werbung und gefälschte Studien stapelten. Und sie tat, was all die anderen Leute auch taten. Die Leute, die alle so aussehen, als hätten sie etwas zu tun, als seien sie wichtig. Machen und nicht nachfragen, wenn der Chef etwas verlangt. Damit er nicht denkt, sie seien faul und ihr Geld nicht wert, das sie aber doch unbedingt brauchen.

Erst lief alles, sie hatte sogar das Gefühl, dass es richtig gut läuft. Dann kam der Oberboss. Angeblich war er nur aufgrund eines Erbes Oberboss. Er hatte sich eingekauft, weil er was mit Medien machen wollte. Obwohl es eigentlich nur um Macht und Prominenz ging. Kein gutes Haar ließen die Kolleginnen an ihm. Selbst in der Mittagspause nicht. Die war vom Oberboss genau getaktet. Bis auf die Minute. Damit ja nichts auf Kosten des Unternehmens gehe, hatte der Oberboss gesagt. Eine Pausenminute länger am Tag sind fünf die Woche. Und aufs Jahr gerechnet, wäre es gar nicht auszudenken, was ihn das kosten würde, sagte der Oberboss und brauste in seinem neuen Jaguar davon.

149

Auch diese eine Kollegin, die im Sekretariat tätig war, immer Sachen von KIK trug, sich die Haare meist hoch auftürmte, schimpfte auf ihn. Dabei sprach sie immer mit einer unterwürfig süßlichen Stimme.

Bisher war alles noch zu verkraften gewesen, die Ausraster, die Eigenarten, die Lästereien der Kolleginnen. Doch dann wurde ihr einziger männlicher Kollege gefeuert, ganz plötzlich. Keiner hatte es kommen sehen. Er war kaum einen Monat dagewesen und nun, kurz vor Redaktionsschluss, weg. Die Texte, für die er verantwortlich war, die Seiten, die er bereits geschrieben hatte – alles löschte und leerte er vor seinem Abgang. Und je mehr sich die Kolleginnen darüber aufregten und die Frau nachdachte, desto mehr beschlich sie alle das Gefühl, dass da etwas Süßliches im Gange war.

Sie schlossen die Tür zum Sekretariat, doch obwohl ihre Mutmaßungen hinter verschlossener Großraumtür stattfanden, waren sie laut genug, um auch dahinter noch gehört zu werden. Dass der Süßlichen der Kollege von vornherein nicht gepasst hatte. Dass sie dies dem Oberboss heimlich kundgetan hatte. Durch die Blume, durch Anspielungen darauf, dass der Kollege sich nicht zu benehmen wüsste, nicht richtig arbeiten würde. Weil sie ihn weghaben wollte und genau wusste, wie sie das beim Oberboss erreichen konnte.

Nur eine halbe Stunde wurden diese Mutmaßungen ausgetauscht, schon wurde das gesamte Team vom Oberboss in den Konferenzraum bestellt. Er fragte nach den Anfeindungen gegen bestimmte Personen und warum mit einem Mal die Türen ihres Großraumbüros verschlossen seien. Die Frau und ihre Kolleginnen argumentierten mit den leeren Seiten, die nun in Kürze zu füllen seien, wofür es mehr Konzentration benötige. Die Lage werde sich sehr bald ändern, kündigte der Oberboss an. Seiner Ansicht nach solle nun der Chefredakteur die Aufgabe des ehemaligen Kollegen übernehmen. Denn für jedes Ressort jemand anderen einstellen, das gehe ja nicht, sagte er. Das Unternehmen sei zu klein und habe kein Geld. Die Frau dachte an den Jaguar und eine Kollegin sprach aus, was sie dachte – dass das doch nicht Aufgabe eines Chefredakteurs sei. Doch der Oberboss fuhr fort: Wenn ihnen das nicht passe, dann könnten sie auch alle gehen, er würde recht schnell anderes Personal finden, das ihre Aufgaben gerne übernehmen würde. Ersatz, ersetzbar, ausgetauscht, ausverkauft. Das dachte die Frau in diesem Moment. Und das erste Mal spürte sie dieses Stechen in der Magengegend. Ein scharfes Bauchweh, als der Oberboss sagte, sie seien alle austauschbar. Das wäre der Moment gewesen. Das wäre er gewesen, um aufzustehen und einfach zu gehen. Doch die Frau blieb sitzen. Sie hatte doch gerade erst eine eigene Struktur entwickelt, mit der sie alle Aufgaben gut abarbeiten konnte. Doch der Süßlichen genügte das nicht. Der Rausschmiss des Kollegen hatte sie beflügelt, ihre Machtposition gestärkt. Ein weiteres Ressort sollte die Frau in Zusammenarbeit mit der Süßlichen betreuen. Irgendetwas stank daran gewaltig, das merkte die Frau. Es gab keine Zusammenarbeit, nur eine Gegeneinanderarbeit. Keine Hilfe, die Süßliche delegierte redaktionelle Aufträge wie ein Chefredakteur. Sie erwartete, dass die von ihr gestellten Aufgaben über allen anderen standen. Dass der Stift für sie fallen gelassen wurde. Sie war nicht damit einverstanden, wenn jemand seine eigene Art entwickelte, um die Arbeit gut zu bewältigen. Sie machte die Vorgaben. In ihren Händen wollte sie die Ziehfäden haben, lenken, spielen, Teufel sein. Die Frau bekam mit, wie die Süßliche sich bei einer Kollegin über ihre Arbeit beklagte, und stellte sich zu den beiden, übte Kritik an den gesamten Abläufen. Das Haarnest der Süßlichen zitterte vor Entrüstung, Schuppen sprangen herab und begingen Selbstmord. Von gemeinsamen Gesprächen und besserer Zusammenarbeit war mit einem Mal nichts mehr geblieben, so sei die Aufgabenstellung nicht gemeint gewesen. Die Süßliche sagte etwas davon, dass sie nicht immer allen hinterherlaufen wolle und sie so „nicht zusammenkämen". Hitze, Hitze, Hitze. Das Glimmen in den Augen der Süßlichen. Das Schmerz überschwemmte den gesamten Bauchbereich der Frau.

Sie verstand in diesem Moment noch nicht, was passierte. Dass das Machtinteresse der Sekretärin nun sie traf, dass es bei diesem nicht um Geld, sondern um Kontrolle ging. Die Kontrolle über Menschen. Die Kontrolle über sie, die Frau.

Wieder ging es zum Oberboss, diesmal in sein Büro mit dem Schreibtisch aus dunklem Tropenholz. Die Frau verstand es nicht, sie verstand nicht, warum der Oberboss der Süßlichen den Rücken stärkte, als halte sie ihm einen Dreizack in den selbigen. Sie spürte nur die Stöße aus ihrer Magengegend und hielt sich den Bauch. Der Oberboss sagte, es gehe so nicht und die Süßliche brauche Unterstützung, keine Verweigerung. Die Frau wollte erklären, dass sie bis dato alles gemacht habe, was die Aufgabe gefordert habe. Dass alles abgearbeitet sei, keine Aufträge oder Zeilen offen. Doch der Oberboss blockte ihren Erklärungsversuch einfach ab und verbot ihr den Mund mittels einer Abmahnung. Von Verweigerung sprach er, obwohl alle Arbeiten zu diesem Zeitpunkt längst erledigt waren. Verweigerung, weil sie nach ihrem eigenen Schema gehandelt hatte. Bauchweh. Doch diesmal hörte sie darauf. Sie kündigte. Per Mund.
Sie setzte sich an ihren Platz und starrte auf den Bildschirm. Sie packte langsam ihre Sachen. Als der Oberboss mit ihr zum Chefredakteur wollte, weigerte sie sich. Eine halbe Stunde später legte er ihr die fristlose Kündigung schriftlich vor. Aufgrund von Arbeitsverweigerung. Bevor sie ging, wollte er noch in ihre Tasche gucken, ob sie auch nichts eingepackt hatte, was ihm gehörte. Die Süßliche begleitete sie bis zur Tür, damit ihr nicht einfiel, auf dem Weg durch den Flur noch etwas einzustecken. Stillschweigend verließ die Frau den Verlag. Weder ein Abschiedswort noch einen letzten Blick richtete sie an die Süßliche und ihre

aufgedrehten Haartürmchen, die nun wie Hörner aus ihrem Kopf stachen. Sie trat aus dem Gebäude und spürte noch, wie ihr ein Pferdefuß zum Abschied in den Allerwertesten trat.

Die Frau legte Klage beim Arbeitsgericht ein. Doch ihr Versuch, ihr letztes Aufbäumen gegen diese Ungerechtigkeit schlug fehl, da sie sich keinen Anwalt leisten konnte. Der Oberboss musste sich ins Fäustchen gelacht haben, als sie die Klage nach dem ersten Termin fallen ließ. Ihr Bauchweh war noch im Gerichtsgebäude so stark, diese plötzliche Nervosität vor dem Termin so groß, dass sie sich nicht mehr wehren konnte. Der Oberboss log, sie habe durch ihr Verhalten Kosten verursacht. Sie zitterte innerlich so, dass es nach außen drang und die Richterin ihr nicht glaubte, weil sie vor lauter Aufregung nichts sagen konnte. Bauchweh-Blackout. Die Frau rannte, rannte aus dem Saal zur Damentoilette und kotzte sich alles aus dem Leib. Nur die Nervosität, die blieb drin.

Ihre Kapitulation, die Kotzerei, dauerte etwa zehn Minuten. Wie ein lupenreiner Exorzismus. Das Gesicht des Oberbosses zu sehen, konnte sie kein zweites Mal ertragen. Die Attacken, die Panik. Ihr Bauchweh wurde immer stärker, ihre Haut, sie veränderte sich. Riss auf, bildete rote Punkte, hinterließ den Abdruck kompletten Versagens in ihrem Gesicht. Sie hatte das Gefühl, am Pranger zu stehen, dass ihr die Schuld zugeschoben wurde, die sie nicht trug und auch gar nicht tragen konnte. Ihr Rücken krümmte sich, sie lief gebeugt von einer schweren Last, die sie selbst noch immer nicht verstanden hatte. Vor all diesen menschlichen Abgründen resignierte sie, salutierte und dankte ab. Es war von ihr naiv gewesen zu glauben, es werde schon alles gut laufen. Das merkte sie erst jetzt. Und hätte sich selbst dafür am liebsten geohrfeigt, doch selbst hierfür fehlte ihr die Kraft. Ihr Körper machte nicht mehr mit. Nichts hielt sie mehr aufrecht. Unmerklich hatte sie durch das Gefühl eigenen Versagens, die Kraftlosigkeit ihres Selbst und ihres Körpers die Fäden abgestreift, die alle anderen sonst aufrechthielten. Sie waren ihr einfach vom schlaffen Leib gerutscht.

Das Fehlen dieser Fäden fühlte sich an, als wäre ihr etwas Elementares entrissen worden. Da klaffte irgendwo ein Loch in ihrem Körper und ihrem Geist. Es fühlte sich an wie der Untergang und ihre Nervosität wurde zur Panik. Als sie begann, sich inmitten großer Gruppen von Menschen unwohl zu fühlen, wurde sie nicht gehört oder beachtet. Denn sie besaß keine Fäden mehr wie all die anderen. Als sie feiern ging, packte sie das nackte Grauen. Einer der drängelnden Typen griff ihr wie abgerichtet an die Hüften und schob sich mit seinem Gemächt dicht an ihr vorbei. Ihr lief der kalte Schweiß über die Schläfen. Sie machte einen kurzen Laut in Richtung ihrer Freunde und nahm Reißaus. Die Ellenbogen nach rechts und links schlagend. All die gierenden Menschen, die ekelerregenden Gerüche und mechanisch tanzenden Marionetten aus dem Weg boxend.

Sie wollte nur noch weg. Niemanden, der sie anfasste, weil man das eben so machte. Niemanden, der sie anglotzte, ihr Äußeres bewertete, sie anstarrte, ansprach. Nichts mehr davon, keine Oberflächlichkeit, keine Austauschbarkeit, kein Verletzt-Werden. Nie wieder.

Die Frau schrie innerlich und äußerlich. Sie sollten alle von ihr wegbleiben mit ihren Scheiß-Psychosen, mit denen sie anderen Schaden zufügten, mit ihrer Scheiß-Gleichgültigkeit und ihren Scheiß-Machtinteressen. Mit ihrer Geilheit auf Körper und Karriere, die sie alle zu stumpfen, blöde guckenden Tieren machte. Sie sollten weggehen mit diesem ganzen Dreck aus ihrem beschissenen Leben, den sie an anderen abrieben. Den sie abrieben, ohne darüber nachzudenken, dass er auch an den anderen kleben bleiben und seine Spuren hinterlassen könnte. Weil sie der Werbung glaubten, weil sie dachten, das alles sei normal, und es hinnahmen, wenn die Werbeversprechen nach dem Kauf nicht eingelöst wurden. Es war so weit, nach ihrem Körper hatte nun auch ihr Kopf die Fäden verloren. Sie würde bei alldem nicht mehr mitmachen.

Drei Jahre ist sie jetzt schon raus aus dem Puppenspiel. Hat jeden vermeintlichen gesellschaftlichen Halt aufgegeben. Kein Oberboss mehr, der sich eine Axt greift, um damit wild in den Eingeweiden der Angestellten rumzuhacken, bis alles zu Einheitsbrei verkommen ist. Doch die Nervosität strengt die Frau an, sie geht kaum noch raus. Ihr Zittern bekommt sie nur in den dunklen, vertrauten vier Wänden in den Griff.

Eine Müdigkeit überkommt sie nach jedem Schritt, jeder Geste, jedem Wort, wenn sie es an eine der Marionetten richten muss. Ihr Sozialleben, runtergebrochen auf das Allernötigste. Sie steht zu ihrer Kündigung, es ist gleichzeitig die Kündigung einer Lebenswelt. Doch körperlich spürt sie, dass sie etwas ändern muss, ihre Haut, ihre Haltung.

Die Frau versucht es mit kurzen Spaziergängen zu den unmöglichsten Zeiten. Morgens, vier Uhr früh. Da ist die Luft noch rein und klar, frei von stehender Hitze. Nur ein paar Bahnarbeiter beim Putzen. Und Obdachlose unter den Brücken, die sich den Kopf wegsaufen. Sie sind wahrscheinlich näher an der Realität als jeder andere. Die Frau hat auch überlegt, einfach dem Suff zu verfallen. Kopf aus, Leben auch.

Die Spaziergänge sind in Ordnung, mittlerweile geht sie zum Bäcker, spricht kurz und wirr mit dem Verkäufer und flüchtet wieder. Nur diese Samstage setzen ihr zu. Sie hat Angst vor den Gruppen, den Massen, den Spielchen. Sie hat Angst davor, sich in den Fäden der anderen zu verheddern. Davor, dass sie ungewollt daran zieht, dem Teufel sein Spiel verdirbt, er sie wiederentdeckt und doch wieder an die Leine nimmt. Also duckt sie sich schnell unter ihnen weg und versteckt sich in einem der Hauseingänge. Wenigstens muss sie nicht mehr kotzen. Es wird besser.

Männer

Männer

Langsam sog sie den Rauch der Zigarette ein, die ihre feinen
Finger umklammerten. Angelehnt an eine Straßenlaterne
ließ sie die Stadt an sich vorbeiziehen. Wie jeden Samstag
waren wieder hunderte Menschen auf den Beinen. Männer.
Viele Männer. Sie liefen an ihr vorbei, musterten sie einmal,
musterten sie ein zweites Mal. Sie grinste.
So war das immer, auch bei dem Bauarbeiter. Das war nun
fast fünf Jahre her. Groß war er, braungebrannt, tätowiert
und ziemlich trainiert. Ein absolutes Klischee. Zumindest
für die überschlanken Blondinen in den grell erleuchteten
Discos der Stadt, die sich alle nach ihm umdrehten, sobald
er den Raum betrat. Er drehte sich nur nach ihr um.
Musterte sie einmal, musterte sie ein zweites Mal. Und als
sie ihn mit dem Fuß anstieß und um eine Cola bat, war
eigentlich schon alles klar. Obwohl sie eigentlich nicht auf
solche Typen stand, ganz und gar nicht. Und worüber sie
damals mit ihm sprach, wusste sie schon nicht mehr. Doch
eine Stunde später küsste er sie einfach und drehte sie auf
den Rücken. So ging das ein halbes Jahr, bis sie merkte,
dass er zwar gut aussah, aber kein Mann vieler und
interessanter Worte war. Er hatte zwar Muskeln, konnte aber
keinerlei Halt geben.
Stattdessen stand ein paar Monate später dieser Italiener vor
ihr. Im Weinladen hinter der Theke brachte er die Kasse zum
Klingeln. Das Glas schwingend und die älteren Damen

durch seine säuselnden Versprechungen zum Trinken und Kaufen animierend, den Wein preisend, schmeckend, flirtend. Die beschwipsten Damen zur Bar um die Ecke begleitend – und meist auch noch rauf. Stets akkurat geputzte Schuhe, ein geschniegeltes Äußeres, Hemd mit Kragen, das sich über seiner Brust spannte. Diese Versprechen in seinem Gesicht, die er auch stets halten konnte. Als sie seinen Wein auf Kosten des Hauses dankend ablehnte und stattdessen von Whiskey sprach, ergriff er ihre Hand und zog sie in einen der hinteren Ladenräume, schenkte ihr ein Glas des feinsten Irish Whiskey ein, den er ihr an den Mund hielt, und drehte dazu eine Zigarre gekonnt durch die Flamme eines Streichholzes. Paffend und schweigend saßen sie da. Sie genoss seine ungeteilte Aufmerksamkeit, sein Gesicht nur zehn Zentimeter vor ihrem. Dann drückte sie ihm das leere Glas in die Hand und verschwand einfach in der Nacht. Sie sah ihn noch einmal wieder. In den überfüllten Straßen der Stadt. Er erkannte sie, das sah sie an seinem Blick. Doch er war umringt von drei der Damen und konnte nicht mehr tun, als ihr einfach hinterherzuschauen. So wie all die anderen auch.

Sie ging weiter, stand drei Monate später auf dem Balkon einer Freundin und brachte den Skater mit den flackernden grünen Katzenaugen um seine Bulette. Die bunten Schuhe, der trainierte Sixpack: alles nur Fassade. Er war so aufgeregt, als sie mit auf sein Zimmer im Studentenwohnheim kam und sich einfach auf die Matratze fallen ließ. Er fuhr sich mit den Fingern in die dunkelblonden Haare, der durchdringende Katzenblick mit einem Mal verwirrt und unsicher. Die Lippen geschürzt, doch kein Wort sagend. Das nächste Mal sah sie ihn im Stadtpark, ihn, den absoluten Einzelgänger. Mit seinem grünen Rad, das er auf den Rasen warf, bevor sich das Shirt vom Leib zog und ins Wasser sprintete. Baywatch für Frauen. Eigentlich konnte sie ihm nach dem Blick in seine Katzenaugen nur noch auf den Hintern schauen, das war dann auch schon alles.

Eine Stimme neben ihrem Ohr riss sie aus diesen Gedanken und fragte, ob sie Lust auf einen Kaffee habe. Sie blickte in ein kantiges Gesicht und blaue Augen. Dieser Bart, diese Klamotten und diese Art, wie sie so viele Männer Mitte 30 hatten. Sie schüttelte den Kopf. Und als er es noch einmal versuchte, unterbrach sie ihn mit einem weiteren Kopfschütteln. Dabei musste sie unwillkürlich an ein ganz anderes Kopfschütteln denken. Das, mit dem sie immer darauf reagiert hat, wenn er aufspringt, nackt durch die Wohnung läuft. Ab in die Küche, eine rauchen. Die Decke zurückgeschlagen, das Laken zerknüllt, auf dem Boden liegt Papier. Wie sie es aufsammelt und in den Mülleimer wirft. Wie durch die schweren Vorhänge ein schmaler Lichtstrahl auf seine Brust fällt, er im Türrahmen lehnt, einen Kaffee in der rechten Hand, genüsslich den Duft einatmet. Die Locken in ein Gesicht voller Leben hängen, sein Blick offen und warm. Er sieht sie an und grinst. Schlafenszeit. Nun aber wirklich. „Ich lieb dich", sagt er und schlingt seine Arme um ihre Hüften. Ganz weich ist seine Haut, ganz anders, weil vertraut und innig. Sie weiß ganz genau, wer er ist, weil er sich keine Sekunde lang vor ihr versteckt hat. Er ist einfach da. Er steht vor ihr und schaut sie an, statt sie bloß zu mustern. Er hebt sie auf und hoch, wenn es an der Zeit ist, legt sie wieder zurück auf die Laken und deckt sie zu. Die Brust an ihren Rücken gedrängt, die Arme um ihren Bauch gelegt, einfach einschlafend und sich fallen lassend.

Sie warf die Zigarette zu Boden und trat sie mit der Spitze ihres schwarzen Stiefels in den Asphalt. Dann stieß sie sich von der Laterne ab und verschwand in der Menschenmenge.

Aldidente und Testosteron

Aldidente und Testosteron

Sie platzte förmlich in sein Büro. Atemlos. Groß und natürlich blond, wie er es sich erträumt hatte; in den Tagen mit wenigen Mandanten, den Blick in den Hirschpark gerichtet, an den die Villa angrenzte. Hier hatte er als „Frank Haman, Ihr Anwalt" in einem Anflug von Optimismus seine Kanzlei eingerichtet. Er erhoffte sich eine solvente Kundschaft in dieser teuren Wohngegend am Elbufer und glaubte das Geld aus der Erbschaft seiner Tante hier gut investiert. Zwei Jahre lang würde er die Miete davon bezahlen können. Wenn erst einmal neue Mandanten kämen, würde es schon weiter laufen. So der Plan.

Ihr Händedruck war vorsichtig, ihr Arm ausgestreckt und ihre Hand etwas feucht. So machte sie auf ihn Eindruck; aber die Furcht, die eine schöne Frau, zudem eine große, schlanke Frau, bei ihm auslöste, wurde somit gleich relativiert. Auch ihre Entschuldigung für die Verspätung, „das schwer zu erreichende Haus", gefiel ihm. „Ich musste außerdem meine Tochter erst einmal unterbringen, die ist früher aus der Schule gekommen." Er spürte in diesem Augenblick ihre ganze Schwäche in diesen zwei Entschuldigungen. Für einen verheirateten Mann im besten Alter, kurz vor 50 und dem Abfall des Testosteronspiegels, hatte diese Begegnung etwas von Gegenläufigkeit in der Abwärtsspirale seines Lebens. Zuhause ausgezogen, von der Frau geflüchtet aus dem Würgegriff der

Hollywoodschaukel, auf der sie immer gesessen und ihre Beziehungsprobleme gewälzt hatten, und den unbedingt erforderlichen neuen Möbeln, all diesen Statusdingen die keiner brauchte, auf der Suche nach einer neuen Sekretärin. Möglichst einer fürsorglichen Person, die Ruhe in sein Leben einkehren ließ.

„Ja, ja", sagte er etwas blöde und gab ihr gleich noch einmal die Hand. Als Anwalt brauchte er eine gute Sekretärin, eine sehr gute, dennoch, es war nach diesem ultimativen Moment gleich klar, dass er sie nicht weiter zu ihren Fähigkeiten und Referenzen befragen würde. Wahrscheinlich ein Fehler, denn sein Büro musste eingerichtet und vor allen Dingen strukturiert werden. Struktur! Das brauchte er. Jemanden, der mit Chaos etwas anfangen konnte. Sie gefiel ihm. Das war ja auch wichtig, dachte er, man muss ja auf engem Raum miteinander auskommen.

„Wann können Sie anfangen?", lächelte er, gewillt, seine Unsicherheit hinter seinen gefletschten Zähnen zu verbergen.

„Wie, bin ich eingestellt?" Sie zog ihren Kopf mit einem leichten Atemgeräusch zurück, ausgelöst durch den Luftstrom, den sie durch die Nase einsog, und legte die Hände in ihren Schoß.

Sie spürte ein leichtes Panikgefühl, das ging doch zu schnell für sie. Gern hätte sie das selbst entschieden. Sich nach dem Gespräch erst einmal zurückgezogen. Sie hatte sich ein wenig auf die Bewerbung vorbereitet, wollte erklären, aus welcher Motivation heraus sie sich als Diplom-Sozialpädagogin auf die Stelle als Sekretärin bewarb. Dass es mit den Jobs nicht so geklappt hatte, weil sie immer unter ihrem Niveau und dazu schlecht bezahlt arbeiten musste. Da würde sie lieber etwas ganz anderes machen. Frank ärgerte sich jetzt, dass er Frau Markmann, wie die Bewerberin sich vorgestellt hatte, nicht ein wenig kämpfen ließ. Aber er hatte sich keine Gedanken gemacht und sich darauf verlassen, dass Elke keine unqualifizierte Freundin empfehlen würde.

„Ihre Freundin Elke hat sie schließlich empfohlen und da denke ich, das geht klar." Das sagte er mehr zu sich selbst. Er kannte Elke, eine anfangs vielversprechende Krankenschwester vom Sportverein, hatte diese allerdings nur ein paar Mal und eher kurz getroffen. Dann war sie als mögliche Beziehungskiste ausgeschieden. Zu kompliziert. Hing immer noch an ihrem Ex-Freund Urs.

„Elke kennt Sie aus dem Sportverein?" Frau Markmann war sich nun nicht mehr sicher, ob sie hier richtig war. Es erschien ihr plötzlich alles zu unvorbereitet, zu spontan, nachdem sie gestern noch mit Elke Kopf an Kopf gemeinsam vor dem PC gesessen hatte. Mit Blick auf eine Beziehungskistenvermittlung. Auf dem Bildschirm flimmerten die Texte vorbei: *„Liebe ist nicht einfach übertragbar"*, lasen sie, *„dennoch will sie immer irgendwohin. Und die Bereitschaft ist allgegenwärtig mit den unterschiedlichen Facetten einer Droge, die als solche* *nicht gleich erkannt wird. In der Form der Sehnsucht, der engen Bindung, des Spiels von Nähe und Distanz, der Lust, des Leidens, des Wartens, der enttäuschten Sehnsüchte ... Und so suche ich dich mit einem Hauch von Illusionen und einem Rest an Vertrauen in das Neue, in den Zauber des Anfangs und mit der Kraft, dies alles zu bewahren! Wenn du auch so empfindest, weißt, dass alles möglich ist und dennoch gleichzeitig unmöglich und doch in dieser Zeit die Herzen zueinanderfinden können, dann ... "*

Der Lüfter des PCs schnarrte leise.Über den Bildschirm, den Anke Markmann und Elke mit verkniffenen Augen anstarrten, verbreiteten sich die Rauchschwaden aus ihren Zigaretten. Die Wörter sollten der persönlichen Marketingstrategie standhalten, sie ins rechte Licht rücken und „den Richtigen" zum Antworten bringen. Allerdings schrieben auch alle, die nicht verstanden, worum es eigentlich ging. Zu wenige Frauen für die Männer im Angebot. Im Chatroom wie im richtigen Leben. „Unterscheidet sich das denn von den anderen Anzeigen?", hatte Anke gefragt.

„Du kannst ja auch schreiben, dass du jemanden suchst, der deine Speckröllchen toll findet und auf das mollige Weibliche steht. Oder wie diese hier: Habe grade mein Badezimmer neu gestrichen und such dich mit deinem Body für meine kleine Einweihungsfeier."

„Habe mein Badezimmer aber nicht gestrichen", trotzte Anke.

167

„Könntest du aber mal wieder machen." Nach ein paar Piccolos von Aldi schrieb es sich alles so leicht, ein bisschen süßlich wie der Sekt. Und nach zwei Flaschen hatte man sich an den Geschmack gewöhnt. Aldidente hatte auch schon lange in Eppendorf Einzug gehalten.

„Aber wenn ich mir ansehe, was du in der letzten Zeit an Typen verschlissen hast …" Elke hob ihr Glas und sah Anke in die Augen.

„So ist es ja nun auch nicht. Verschlissen. Man kann überhaupt niemanden verschleißen, der sich nicht selbst verschleißen will."

„Ich hab das nun mal gebraucht." Elke starrte Anke an. „Eigentlich bin ich total sauer auf Typen", übernahm Elke den Gesprächsfaden..

Sie schenkten sich noch einmal ein. Elke war entfesselt und redete weiter, als würde sich dadurch etwas klären. Anke unterbrach sie: „Der Urs, freundlich, zuvorkommend, aber träge, ohne Energie für eine Beziehung. Dann verschwindet er, einfach zack, weg, Tür zu. Elke! Und du warst froh, endlich wieder frei auf dem Markt zu sein. Und", sie zog dieses *und* in die Länge, „was willst du mit einem Typen, der sich nicht auf eine Beziehung einlassen will. Weißt du, morgen mache ich den Job beim Anwalt klar. Bei ‚Frank, Ihr Anwalt'. Das ist doch mal was!"

„Glückwunsch. Prösterchen", gratulierte Elke. Der Sekt schwappte aus den Gläsern.

Die große blonde Anke sog die Luft ein. „Ich brauch einen Job."

„Genau. Stößchen!"

In diesen Gedanken verloren saß sie jetzt bei Frank dem Anwalt und konnte sich nicht auf das konzentrieren, was der alles erklärte, und Sie war froh, endlich mit einem „Bis morgen dann" aus dem Büro verschwinden zu können. Ich glaube, der hat mich nur eingestellt, weil ich blond bin, dachte sie dabei. Egal, Job ist Job.

Am selben Abend saß Frank mit drei Freunden auf einer Mauer am Elbstrand. Frank, „Ihr Anwalt", konnte sein blondes Glück nicht fassen. Scheiß auf Füller in Firmentinte, hatte er zu sich selbst gesagt. Und zu den Freunden: „Eine schöne Bescherung ist mir heute in die Kanzlei geflattert. Ich muss da professionell bleiben." Das Wort *geflattert* fand er regelrecht passend. Zu viert saßen sie ganz nah am Elbstrand. Vier fast gescheiterte Gestalten, was ihre Beziehungen anging. Sie saßen immer auf dieser Mauer, wenn der Blues kam. Und die alten Geschichten sich mit neuen Erkenntnissen verbinden sollten. „Wisst ihr", blies Frank unvermittelt seinen Blues weiter, „nach dem ersten Mal des Betrugs ist das Leben anders. Eine Form der strukturellen Gewalt. Verlassen werden. Betrogen werden. Betrügen und verlassen ist auch eine Form von Gewalt gegen sich selbst. Die Unschuld verliert man nicht durch Ficken, sondern durch Verlassen und

Verlassenwerden. Die erste unschuldige Liebe: einfach nur die Liebe beschützen, nicht anfassen, nur zärtliche Gefühle, das ist doch lange vorbei. Auch wenn es später normal ist und niemand mehr erwartet, dass man für immer zusammenbleibt, auf Teufel komm raus. Die erste Liebe ist noch eine völlig unschuldige Liebe. Vorbei." Frank suchte seit Jahren vergeblich Nähe zu Frauen, wusste aber, dass er sie nicht aushielt, wenn sie sich einstellte. Nähe zum Alkohol, ja, das ging.

Frank kam es so vor, als ließen die Freunde ihre vielen erkenntnisreichen Sätze die raue Mauer hinunter in den Sand fallen, wo sie mit den Wellen der vorbeifahrenden Containerschiffe in die Welt hinausgeschickt wurden. Einfach so und weg.

Franks Freund Dieter kannte das schon von ihm. Die rückwärts gerichteten Erzählungen. Sie hatten gemeinsam studiert und von da an ihr Leben reflektiert und gespiegelt. Die Themen variierten beim politischen Diskurs und bei privaten Hochs und Desastern kaum und jeder konnte jederzeit bei allem einsteigen. „Was das Gute am Leben ist: dass es immer weitergeht. Mit und ohne Beziehungen. Bis zum Tod. Der dann plötzlich kommt oder schleichend oder schon da ist, ohne dass du es merkst, weil du schon tot bist. Allein oder zu zweit."

Gerd, ein schwuler Banker, den Frank bereits aus der Sandkiste kannte: „Woran erkenne ich denn, dass ich tot bin, wenn ich noch nicht tot bin?"

„Du bist ja nicht wirklich physisch tot. Außerdem erkennst du das gar nicht unbedingt selbst. Du fängst an zu saufen, so langsam. Trinkst früher am Tage. Aber Sterben fängt doch viel früher an. Guck dir doch mal die jungen Leute genau an. Nichts mehr los. Alles digital." Das war die Stimme der Vernunft. Die gehörte zu Peter. Peter war ein eingefleischter Sozialdemokrat, allerdings, was diese Partei betraf, völlig desillusioniert.

„Ich dachte, du meinst mich", sagte Frank.

„Du bist ja nicht ,junge Leute'."

Frank nahm einen Schluck aus der Flasche. „Ich war 13, als es anfing. Total unschuldig war ich in ein Mädchen verliebt. Sie war 16. Agnes hieß sie. Damals war mir noch nicht klar, dass man von allen Frauen, die Agnes heißen, die Finger lassen muss."

„Ist doch kalter Kaffee. Du bist jetzt fast 50, dein Testosteronspiegel sinkt unaufhörlich – und als Frau hätte ich auch so meine Probleme mit dir", machte Peter klar. „Ich mit dir auch", meckerte Frank zurück.

„Ihr müsst das nicht so eng sehen. Wenn die Beziehung zu Ende ist, entsteht so eine Gelassenheit. Die Gelassenheit, die aus dem *Gehenlassen* kommt", meinte Dieter.

Gerd: „Seit fünf Jahren suche ich den richtigen Mann für mich, aber ich bin einfach zu schüchtern. Schau dich doch mal um. Keine Beziehung hält dauerhaft. Und warum?"

Peter: „Ist doch klar. Auch wenn's nicht mehr populär ist, bestimmen die Produktionsbedingungen die Reproduktionsbedingungen. Du hast einfach nicht genug Kohle. Und Frank, mein Lieber, deine blonde Schöne will einfach nur einen Job. Finde dich damit ab."

„Ich hab mir doch gar nichts anderes vorgestellt. Das Problem ist, dass ich gar nicht so den Chef raushängen lassen kann. Ich war doch noch nie Chef. Außerdem ist das eine komische Bezeichnung. Arbeitgeber ist auf jeden Fall korrekter. Man arbeitet zusammen und da gibt es doch gar keine Hierarchie in dem Sinne."

„Auf der Suche bist du ja schon. Das halten wir mal fest", forderte Gerd. „Und da kommt jemand zur Tür herein, der dir gefällt. Ehrlich: und der in dein Beuteschema passt."

„Wer ist denn hier wohl die Beute? Der Mann normalerweise", behauptete Frank. „Gerade als sogenannter Chef werde ich mich zurückhalten."

Die anderen drei grinsten sich an und prosteten sich zu, gaben Ratschläge und Meinungen zum Chefsein. Die dialogisierenden Monologe der Freunde träufelten unaufhörlich ineinander. Frank hatte sich das nicht so vorgestellt, mit dem Rücken zur Wand, was sein Sexualleben anging. Und auf der Mauer mit seinen drei Freunden, die er nicht loswurde. Die ihm nicht einmal für einen Abend seine Träume ließen. Seine Freunde fürs Leben.

Aber er hatte immerhin auch eine neue Sekretärin.

Frank gab sich große Mühe, Frau Markmann mit den wesentlichen Prinzipien seiner Ablage, der Korrespondenz und des Umgangs mit seinen Mandanten vertraut zu machen. Schnell stellte er fest, dass die Office-Programme und insbesondere Outlook nicht so ihr Ding waren. Frank war geduldig, zumal er es genoss, wenn Frau Markmann neben ihm saß, was ja unbedingt erforderlich war, wenn man gemeinsam auf den Bildschirm schaute. Sie fragte und er erklärte. Er fühlte sich wohl, wenn sie mit ihren langen, kräftigen Beinen neben ihm saß. Beine, die ihn manchmal leicht touchierten, wenn sie sich vorbeugte, um einen besseren Blick auf den Monitor werfen zu können. Er erklärte ihr das digitale Ablagesystem. Sie wirkte konzentriert, konnte die Aufgaben allerdings nicht besonders schnell erfassen. Frank gestand sich ein, dass er ein wenig enttäuscht war. Eine weitere Enttäuschung in der ersten Woche war ihre Ankündigung, dass sie pünktlich wegmüsse. Ein Freund würde sie abholen. Ihr Freund. Das hatte sie gesagt, als er sie zum Essen einlud. Am Abend, nicht mittags. „Ihr Freund ist doch da kein Problem? Oder? Wir könnten uns in lockerer Umgebung einfach mal eine Rückmeldung geben, wie der Einstand so läuft." Er sah ihr länger als notwendig in die Augen. Sie sog wieder auf ihre spezielle Weise die Luft durch die Nase.

Anke Markmann fühlte sich geschmeichelt, aber dennoch nicht wohl dabei, mit ihrem Chef essen zu gehen. Eine unerwünschte Intimität, auf die sie sich vielleicht einlassen müsste. Nicht körperlich, nein, so empfand sie das nicht. Eher als ein Eindringen hinter ihre sorgsam gestaltete

Fassade. Sie kam gut zurecht in ihrem Leben. Ein Leben mit einem Kind ohne Vater und dem Attribut der alleinerziehenden Mutter, mit wenig Geld. Niemand erwartete daher, dass sie beruflich erfolgreich sein müsste. Selbst ihre Eltern ließen sie in Ruhe. Außer dass sie bald mal mit einem Schwiegersohn vorbeikommen sollte. „Bring den oder den doch mal mit", hatten sie immer vorgeschlagen, wenn ein neuer Name auftauchte.

Das Geld, was sie vom Arbeitsamt bekam, reichte aus, die kleine Parterrewohnung in einem Altbau in Eppendorf zu bezahlen und ihrer Tochter das Nötigste zu bieten. Vor allen Dingen Zeit.

Sie hatte es gerade geschafft, sich von Eberhardt zu lösen, dem Fotografen, der immer nur mit ihr ins Bett wollte. Er war ein körperlich eher unattraktiver Mann, aber ziemlich auf Sex fixiert. Wann ficken wir wieder, schrieb er ihr auf Postkarten. Sie hatte Lust, aber er war nicht ihr Typ. Eberhardt war viel auf Reisen, sie trafen sich immer spontan und nur zu diesem einen Vergnügen. Und sie hatte im Alltag Ruhe vor ihm. Alle Freiheit der Welt.

Wie sollte sie ein Abendessen überstehen, ohne diese Welt zu öffnen? Und sie hatte doch im Internet nach dem Traummann gesucht. 39 war sie jetzt. Da sollte noch etwas kommen. War sie schon bereit dazu, im wirklichen Leben? Ihre Therapeutin hatte ihr dazu geraten. Sich einzulassen auf das Leben.

Frank hatte das mit dem Freund ignoriert. Er war jetzt mitten im Leben, das war seine Zeit, glaubte er. Ich muss zugreifen und nehmen, was mir das Leben anbietet. Geschieden, eine Ex, die sich als Schauspielerin verstand und ihren Lebensunterhalt als Sprachlehrerin verdiente. Und ein Kind, eine Tochter, an der er hing. Außerdem viele Fehlversuche auf Resteficker-Ü-30-Partys, wie er seine Partnersuche bewertete. Musik der 70er- und 80er-Jahre, das Antanzen, die Blicke, denen man schnell ausweichen oder die man länger halten musste. Echte Arbeit war das für ihn. Konventionen? Was spielen die für ihn noch für eine Rolle. Frank sprach sich Mut zu. Das Abendessen mit Frau Markmann. Er würde das schon hinkriegen. Etwas Unverbindliches in vertrauter Umgebung, aber nicht zu nah an ihrem Kiez. Die „Palette" in Eppendorf. Das würde gehen. Oder doch besser bei ihr um die Ecke. Abendrothsweg. Da gab es ebenfalls genügend Restaurants. Er würde reservieren, sicher ist sicher.

In der „Palette" hatten sie einen Platz am Fenster bekommen und konnten auf die Terrasse hinausblicken, die mit den bunten Glühbirnen ausgeleuchtet wurde. Frank musste akzeptieren, dass Frau Markmann, Anke nach einem Glas Wein, keine Beziehung wollte. Sie sagte ihm das völlig aus dem Zusammenhang heraus, so als würde sie es immer sagen, wenn sie mit jemandem ausging. Ihm war nicht bewusst, Signale in diese Richtung gesandt zu haben. Obwohl er die Nähe zu ihr genoss. In dem kleinen Büro, in dem sie sich öfter im Vorbeigehen streiften. Er war schon etwas angemacht. Und wenn mehr möglich wäre, würde er sich wohl darauf einlassen. Vielleicht spürte sie das.

„Ich habe einen Freund, aber nur noch platonisch seit einiger Zeit, und fühle mich gut allein mit meiner Tochter." Sie verschwieg ihre Partnersuche im Internet, die ging Frank, wie sie ihren Chef jetzt nannte, ja auch nichts an. „Da haben wir ja etwas, was uns verbindet", freute sich Frank, obwohl er das mit der Tochter bereits wusste. Er konnte die widersprüchlichen Botschaften von Anke nicht entschlüsseln. Ein knallroter Mund, knallrot lackierte Fußnägel in leichten Sandalen kurz vor Weihnachten. Eine leichte Jacke, darunter eine leichte Bluse. Aber sie will keine Beziehung, dachte er. „Was treibst du denn so in deiner Freizeit?", fragte er und biss sich hinterher fast die Zunge ab. Was treibst du, wie blöd war das denn. Doch sie antwortete entspannt und spielte fast gelangweilt mit ihrer Gabel im Salat herum. „Ich bin mit Freunden unterwegs – und Freundinnen", ergänzte sie amüsiert, als sie seinen irritierten Blick sah, und strich ihm dabei leicht über seine Hand. „Manchmal tanze ich Salsa. Bin aber keine wirklich eine gute Tänzerin."

„Ich gehe auch gern tanzen." Frank nickte dazu, wollte aber nicht sagen wo. Das mit den Ü-30-Partys war ihm peinlich. Anke hatte darauf nichts gesagt. Er tanzte außerdem Tango, aber noch nicht so gut, dass er sie überreden wollte, mitzukommen. Er fühlte sich noch genötigt, über die Arbeit zu sprechen, zum Beispiel: freundlich am Telefon sein, vielleicht mal einen Office-Kurs belegen, was sie sich denn so vorstelle. Sie stellte sich flexibles Kommen und Gehen vor. „Dann kann ich mich um meine Tochter kümmern, wenn sie aus der Schule kommt. Ich könnte zum Ausgleich auch mal nachmittags arbeiten."

Dann hatte er sie in der Nähe ihrer Wohnung abgesetzt. Die letzten Meter wollte sie gern allein gehen.

„Danke nochmal für den netten Abend", sagte sie am nächsten Morgen, hatte eine Packung Honigkekse auf seinen Schreibtisch gelegt und sich an den PC gesetzt. „Schön, dass es dir gefallen hat", strahlte Frank. Mehr fiel ihm gerade nicht ein. Jedenfalls sagte er nicht: Wir können gern wieder einmal gemeinsam essen gehen oder ins Kino oder irgendetwas.

Er wolle professionell sein, sagte er sich, vorübergehend nahm er sich vor, Abstand zu wahren. Die Termine vor Gericht halfen dabei. Er sah, wie sich Anke weiter am PC abarbeitete, fast den ganzen Tag mit der Arbeit davorsaß und auch privat im Internet unterwegs war.

Sie konnte einmal gerade noch rechtzeitig eine Datingseite wegklicken, als Frank früher als erwartet von einem Termin zurückkam. Den jüngeren Typen, der zu ihr passte, hatte sie noch nicht gefunden. Eigentlich sollte der Mann, den sie sich wünschte, höchstens so alt sein wie sie selbst, maximal 42 Jahre alt. Drei Jahre älter, das würde gerade noch gehen, fand   sie.

Frank hatte das schnelle Klicken und ihren verhuschten Blick aus den Augenwinkeln wahrgenommen. Aber die Honigwaffeln, der Tee und hin und wieder ein paar nette Worte stimmten ihn nachsichtig.

Wenn Anke Markmann damit eine Strategie verfolgte, ging diese auf. Sie spürte, dass er mehr wollte, und war gespannt, was er sich einfallen lassen würde. Die Tage vergingen, und Frank bemühte sich um Zurückhaltung, was in dem engen Büro nicht so einfach war. Hin und wieder ergaben sich leichte Berührungen, wenn sie beispielsweise am Kopierer stand und er an ihr vorbeimusste. Er wartete immer, bis sie zur Seite trat, dennoch, manchmal knisterten die Stoffe, die sich berührten. Frank konnte das nicht vermeiden. Manchmal, wenn sie ihm eine Akte reichte, lehnte sie sich über seinen Schreibtisch und berührte dabei seinen Arm. Bedeutungslos, dachte Frank, hoffte aber, dass es doch ein Anfang von mehr sein könnte. Er gestand sich ein, dass er sich für sie interessierte und gern mehr von ihr wissen wollte. Dann kam er auf die Idee, Anke einmal zu einer Verhandlung mitzunehmen. Anschließend Milchkaffee trinken im „Legendär" in Eppendorf. Glücklicherweise hatte er ein paar kleinere Strafsachen auf dem Tisch.

Anke war interessiert und freute sich, dass sie aus dem Büro rauskam. Als sie durch das spätherbstliche, regnerische Wetter am Hirschpark entlang zum Parkplatz gingen, hakte Anke sich bei Frank unter, um Schutz unter dem Regenschirm zu suchen, den er für sie beide aufgespannt hatte. Sie passte ihren Schritt mit einem Hüpfer dem seinen an. Frank, der die Sonne liebte, fing an, dieses Schmuddelwetter zu mögen. Franks Auto stand im Parkhaus. Die morgendliche nervige Parkplatzsuche wollte er sich ersparen.

Später im „Legendär" am Eppendorfer Weg half er ihr aus dem Mantel und rückte ihren Stuhl zurecht. Die Kneipe war rappelvoll. Sie hatten einen Platz auf der Empore gefunden und konnten alles gut überblicken. „Das war hier früher mal das ‚Onkel Pö‘, eine legendäre Szenekneipe. Udo Lindenberg hat hier gespielt, Inga Rumpf und solche Leute, wusstest du das? Ich war oft hier. Immer gab es super Livemusik. Und Frühschoppen."

„Ich hab davon gehört", nickte Anke, die erstmal Franks übertriebene Gesten verdauen musste. Einen Stuhl hatte noch niemand für sie hingeschoben. Wie niedlich, fand sie. Sie sprachen über die Verhandlung und die Arbeit. „Du warst ja wirklich souverän. Wie du auf alles eine Antwort hattest." Oder: „War ja kein großes Ding, Routine." Bis er plötzlich ihre Hand hielt. Er wusste auch nicht, wie das passiert war. Nur für einen Moment, dann war alles wieder wie vorher. Beide schienen diese vorübergehende Nähe zu ignorieren.

„Some guys got all the luck", rief ein einsam Kaffee trinkender Mann vom Nebentisch herüber, als Anke auf der Toilette verschwunden war, und hob anerkennend seinen Kaffeebecher.

Frank prostete zurück und freute sich.
Anke brauchte die Auszeit auf der Toilette. Durch das Lokal, die Treppe hinunter, durchatmen. Fühle ich mich etwa geschmeichelt? Frank ist nicht mein Typ, mindestens zehn Jahre zu alt, aus einer anderen Welt, dickes Auto, schöne Wohnung und außerdem mein Chef, erklärte sie sich. Blick in den Spiegel. Schön fand sie sich nicht, ein etwas zu großes Gesicht, leicht gekrümmte Nase, aber doch irgendwie edel mit ihren vollen Lippen und großen blauen Augen, die vielleicht etwas zu weit auseinanderstanden. Groß, schlank. Fester Körper, überall. Erste Liga, wenn sie genug Geld hätte. Und kein uneheliches Kind. Dabei war sie glücklich mit ihrem Kind, auch wenn sie wenig Zeit für sich hatte und vom Vater des Kindes nichts zu erwarten hatte. Mireilles Vater kam aus Ghana und hatte eine recht eigenwillige Vorstellung von einer Beziehung gehabt. Er arbeitete nicht; Anke musste das Geld verdienen und dann die Einkäufe selbst noch hochschwanger in den vierten Stock schleppen. Schließlich hatte sie die Nase voll. Ich bin gescheitert, dachte sie manchmal. Sie hatte sich
damit abgefunden, ihr Kind allein großzuziehen. Fand es sogar gut mittlerweile, alleinerziehende Mutter zu sein. Willkommen im Club, war ein vielstimmiger Tenor. Mit den Gedanken an ihre Stärke dabei, mit Mireille ihr Leben zu meistern, stieg sie wieder in den Ring. Ihr war gar nicht aufgefallen, dass sie gedankenverloren fast 15 Minuten auf der Toilette verbracht hatte.

Frank war bereits etwas ungehalten. „Gab's mal wieder eine Schlange bei den Frauen?", versuchte er es mit einem Lächeln.

„Nö", lächelte Anke zurück. „Ins Büro zu fahren lohnt sich ja nicht mehr, oder was meinst du?"
Sie beschlossen Feierabend zu machen, Frank fuhr Anke jetzt direkt vor ihre Haustür, stieg aus und öffnete die Beifahrertür. Sie schlängelte sich an ihm vorbei und drückte ihr Gesicht dabei leicht an seine Wange. „Bis morgen dann, tschüss", flüsterte sie.
Frank nickte und blickte ihr nach, bis sich die Haustür hinter ihr schloss.

Frank hatte überlegt, sich mit seinen Männern auf der Mauer an der Elbe zu treffen, aber es war einfach zu ungemütlich. Er hatte Gesprächsbedarf, wusste aber eigentlich auch, was jeder sagen würde. Der Dieter würde sagen: „Greif zu!", und das entsprechend theoretisch und mit eigenen Erfahrungen untermauern. Gerd würde abraten: „Das gehört sich doch nicht als Chef", und Peter würde darauf hinweisen, dass Frank die Stellung als Chef ausnutzen würde, was allerdings nur die tatsächlichen Verhältnisse widerspiegelte. Was Frank selbst aber nicht so empfand. Er würde sich schließlich korrekt verhalten. Also war kein neuer Erkenntnisgewinn zu erwarten.

Anke Markmann brachte in den nächsten Tagen vor dem Jahreswechsel wie üblich ein paar kleine Leckereien mit, die sie bei Aldi einkaufte. Sie liebte Aldi, weil sie sich dort mit ihrem schmalen Budget relativ viel leisten konnte und sich dann reich fühlte. Label waren für sie nicht wichtig und auch ihre zehnjährige Tochter sah das entspannt. Selbst der Sekt von Aldi, den sie immer gern mit ihrer Freundin Elke trank, war nicht übel. Sekt von Aldi und Männer al dente, darüber konnten sie sich zusammen auslachen.

Dann stand Silvester vor der Tür. Frank hatte sich tagelang den Kopf darüber zerbrochen, wie er es anstellen könnte, mit Anke zu feiern. Mit dem Fotografen würde sie nicht gemeinsam losziehen, denn der war in Neuseeland unterwegs, was Frank beiläufig mit seiner gerichtserprobten Fragetechnik herausarbeiten konnte.

Er schlich immer um das Thema herum. Dann ergab sich eine geniale Fügung des Schicksals. Es gibt keine Zufälle, nein, dies war eine Fügung. Elke vom Sportverein, die vormals vielversprechende Krankenschwester, lief in ihn hinein, als er den Fitnessbereich des Sportvereins betrat. Sie drehten sich einmal in der Drehtür um die Achse, Bissous links, rechts und aus Versehen auf den Mund. Ein kurzes, verlegenes Händchenhalten. „Und, was gegen den Bauch unternehmen?", lachte Elke dann, wohl wissend, dass jeder Mann darauf empfindlich reagieren würde. Mit oder ohne Bauch. Frank lief rot an, woraufhin Elke ihm in den Bauch boxte. „Ach, geht doch", kicherte sie. „Melde dich doch mal. Du bist ja völlig abgetaucht. Was ist mit Partytime? Ü-30 und so?"

„Im Moment nicht so", sagte Frank, „viel zu tun."

„Mit Anke? Die habe ich neulich mal getroffen. Gefällt ihr ganz gut bei dir. Sie könne es eine Weile aushalten, meinte sie." Eine kleine Pause entstand, da Frank nicht gern über Anke reden wollte. Elke würde seine Befangenheit bestimmt herausfiltern. Dass da mehr war als der Job. Theoretisch zumindest.

„Schon was vor an Silvester?", fragte Elke. „Ruf doch mal an, wenn du mit uns feiern willst." Wer war *mit uns,* überlegte Frank. „Anke kommt auch", winkte Elke, bereits rückwärts laufend und sich verabschiedend.

Es war ihm schlagartig egal, wer *mit uns* war. Wahrscheinlich würde Elkes jetziger Lover und ihr Ex-Lover, der vom Dach springende Urs, dabei sein. Urs hatte einen Selbstmordversuch unternommen und einen Sturz aus zehn Metern Höhe überlebt. Und war dann auf die sich aufopfernde Krankenschwester Elke getroffen. Alles Weitere hatte sich ergeben. Elke hatte ihn auch nach der Entlassung aus dem Krankenhaus betreut. Nur dass es keine Arztserie war, sondern das wirkliche, das wahre, das psychotische Leben. Urs hatte sich getrennt, hatte Nähe nicht ertragen können. Dann kam er wieder an, wurde wieder aufgenommen. Und hin und her. „Ich fühle mich immer noch verantwortlich", hatte Elke betont, auch nachdem sie einen neuen Freund hatte. Mehrere, besser gesagt, die es mit einem Urs an der Backe, wie es einer formulierte, nie lange aushielten.

183

Anke trug ein dünnes Kleid mit einem Gürtel um die Taille, der ihre Figur extrem betonte. Dazu hatte sie offene Sandalen angezogen. Die Fußnägel blau lackiert. Sie war etwas angespannt und hatte beschlossen, sich gleich mit einem Piccolo ein wenig zu lockern. Ihre anfängliche Skepsis bezüglich einer Party mit ihrem Chef war der Neugier gewichen. Außerdem könnte seine Anwesenheit einer möglichen Langeweile auf Elkes Party vorbeugen, so hatte sie es sich überlegt. Die üblichen Verdächtigen, wie Elke und Anke die Gäste bezeichneten, waren anwesend. Zwei befreundete Paare, Bruder und Schwester von Elke, ein noch nicht definierter Freund. Nur Urs fehlte. „Er kommt später", hoffte Elke. Vielleicht hoffte sie auch, dass er nicht kam. Es gab Fondue mit Käse und Fleisch. In der Küche war zudem ein Buffet aufgebaut, das aus von den Gästen mitgebrachten Salaten, Broten, Käsesorten, Desserts und Snacks bestand. Frank und Anke saßen jeweils an einem Kopf des Tisches und konnten sich eher schlecht als recht unterhalten. Frank empfand die Situation als anstrengend und versuchte sich an höflichem Smalltalk. Smalltalk hasste er.

In der Küche passierte es dann, würde Frank sich später erinnern. Dort, im Rückzugsort jeder Party, wenn es auf der Hauptbühne zu langweilig wurde. In einer Küche war man immer mit etwas beschäftigt. Wein nachschenken, Brot knabbern, den Teller auffüllen. Der Wunsch nach Zwanglosigkeit erfüllte sich am ehesten hier. Die Küche war schmal wie ein Handtuch. Elke wohnte in einem Neubau. Durch die herrschende Enge war jede Küche quasi das klassische Separee für Annäherungsversuche auf Feiern. Anke stand mit einem Glas in der einen, einem Grissini in der anderen Hand vor dem Kühlschrank, der sich in der Ecke direkt hinter der Tür befand. Frank stand mit dem Rücken zu ihr an der Fensterbank und lud seinen Teller voll. Er überlegte angestrengt, was er sagen oder tun sollte. Es war ja schließlich Silvester. Mit Tanz und Spiel. Man durfte locker sein. Aber wie gingen Tanz und Spiel? Wie sollte er locker werden, völlig verkrampft in seiner Rollenambiguität? Und zudem ziemlich statisch mit dem Essen beschäftigt. Er wollte nicht den Mund voll haben, wenn er angesprochen werden würde, aber doch schon etwas essen und beschäftigt aussehen.

Er stellte seinen Teller wieder ab. Ihm erschien es doch zu unbeholfen, mit einem Teller in der Hand ein Gespräch zu anzufangen. Wenn es denn dazu kommen würde. Hier hatte sie eindeutig die Oberhand, in der Wohnung ihrer Freundin, privat, und Anke war hier noch attraktiver und selbstbewusster. Und es ging hier nicht um das Office-Paket. Es ging um mehr, um alles. Heute Abend würden sich die Weichen stellen, ob es außerhalb der Grenzen des Bürolebens etwas Gemeinsames für sie geben würde. Frank war sich sicher, dass Anke sich ein wenig in ihn hineinversetzen konnte und wusste, dass er nur aus einem

Grunde zu dieser Party gekommen war. Und es waren nicht seine Spielregeln.

Also war ein voller Teller nur ein weiteres Hindernis, dachte Frank. Er schritt auf die Tür zu und sah Anke die Grissinistange abknabbern, was ihn verrückt machte. Er musste an ihr vorbei. Er würde etwas sagen müssen. Dann waren sie auf gleicher Höhe. Beide nur noch mit einem Glas in der Hand. „Mann, jetzt küss mich endlich", zischte sie, zog ihn dabei mit der freien Hand an sich heran, was dazu führte, dass Frank sie mit seinem Körper gegen den Kühlschrank presste. Und endlich küsste. Vielmehr küsste sie ihn, erst kurz, dann länger und dann so lange, bis Elke in die Küche kam und bemerkte: „Oh", und: „Urs ist immer noch nicht da." Der tauchte dann später auf, fühlte sich unwohl und ging wieder. Womit die lockere Stimmung den Schwung verlor. Frank war Elkes Ursproblem jetzt gerade mal egal. Er war verwirrt. Nach den Küssen hatte Anke sich wieder zurückgezogen, ihn zwar hin und wieder angeschaut und berührt, aber weitere Küsse hatte es nicht gegeben. „Setzt du mich zuhause ab?", hatte sie gefragt, als Frank eine Taxe bestellte.

„Ich wollte die Kontrolle behalten", antwortete sie auf die Frage ihrer Therapeutin, warum sie sich am Silvesterabend so abrupt von Frank verabschiedet hatte. Auf diese Frage war sie vorbereitet. Im Lauf der Jahre kannte sie die meisten Gesprächsverläufe. Nähe und Distanz war meistens ihr

Thema in den Sitzungen. Sie, die aus einem kleinen Dorf in Niedersachsen kommend erst in München und dann in Hamburg mit großen Lieben enttäuscht wurde. Eine kurze Zeit hatte sie mit einem Italiener zusammengelebt, ihr Kind stammte aus ihrer Beziehung zu einem Afrikaner, der sie bald nur als Geld- und Lastesel gesehen hatte. Sie war vor dieser Art Mann geflohen. Grundsätzlich hatte sie Männer nicht abgeschrieben, aber es musste passen, und zwar nach ihren Regeln.

In diesen Sitzungen, in einem modernisierten Altbau am Grindel, drehte sie sich meistens im Kreis; allerdings wurde der Radius langsam größer und bezog Frank mit ein. „Eigentlich will ich noch etwas anderes, jemand anderes finden. Es muss der Richtige sein. Deshalb kann ich mich nicht auf Frank einlassen." Die Therapeutin hörte wie immer eine Weile zu, verstärkte hier und da ein wenig eine von Ankes Stimmen, wenn es ihr angemessen erschien. „Etwas scheint Sie aber doch an Frank zu interessieren? Beschreiben Sie ihn doch einmal", forderte sie Anke auf. Anke war diese Frage sichtlich unangenehm. Sie kaute auf ihrer Unterlippe und wippte mit ihren nackten Füßen die Sandalen auf und ab.

„Er ist aufmerksam. Er ist vorsichtig, übrigens nervt mich das manchmal. Er ist viel älter als ich, mehr als zehn Jahre, nicht mehr ganz schlank, nicht viel größer als ich."

„Äußerlichkeiten?" Die Therapeutin neigte den Kopf ein wenig nach links, als sie diese Frage in den Raum stellte.

187

„Er könnte ruhig etwas klarer machen, was er will. Aber vielleicht wäre das auch nicht gut. Ich will mich frei bewegen, machen, was ich will, ohne das erklären zu müssen. Eine Beziehung, wie Frank das gern möchte, wäre mir zu eng. Ohne Beziehung will ich aber auf Dauer auch nicht sein." Das war für die Therapeutin nicht neu und gehörte zum Kreiseln dazu. Eine Weile ließ sie es so weiterlaufen.

„Was machen denn Ihre Kontakte aus dem Internet?", verlagerte sie dann das Thema. „Hin und wieder treffe ich mich auf einen Kaffee, nein, da ist nichts dabei. Da ist mir Frank noch lieber." Die Therapeutin nickte Anke zu. Die Stunde war schnell vorbei und Anke ohne größeren Erkenntnisgewinn wieder bis zum nächsten Termin in einer Woche auf sich gestellt. Dass sie den Job und das Geld brauchte, hatte sie nicht gesagt. Und dass sie Angst hatte, den Job zu verlieren, wenn es zu kompliziert wurde. Aber sie fühlte sich doch etwas mutiger, was Frank betraf. Sie brauchte so etwas wie einen Plan.

Die erste Januarwoche lief wie immer semiprofessionell. Frank fühlte sich kussverkatert. Erst angeküsst und dann tat sich nichts mehr in der Richtung, die er sich nun immer mehr wünschte. Es ging nicht voran mit Anke Markmann. Ich bin frustriert, gestand er sich ein. Immerhin eine ehrliche Erkenntnis. Worauf sollte er warten. Er war schließlich zu nichts verpflichtet, obwohl er es gern wäre. Verpflichtet von Anke.

Er beschloss, wieder tanzen zu gehen. Oder noch besser, seine alte Freundin Nina wieder zu aktivieren. Die war bestimmt noch interessiert. Von ihr hatte Frank sich verabschiedet, weil sie immer getrennt schlafen wollte. Und weil sie gelbe Zähne hatte. Dafür aber einen weichen, üppigen Körper oberhalb der Taille. Einen sehr aktiven Körper. Bei ihrem ersten Date hatte sie ihm gleich alles entgegengestreckt. Ein paar Wochen hatten sie eine intensive, aber lockere Beziehung. Sie jobbte bei einer Autovermietung und studierte nebenbei Psychologie. Bevor er sich seinen BMW geleast hatte, musste er sich hin und wieder einen Leihwagen nehmen. Als er das letzte Mal einen Wagen in der Mietstation abgab, hatte er gesagt, es sei das letzte Mal, dass sie sich sehen würden. Er hatte seine Visitenkarte dagelassen. Sie freute sich darüber und rief zwei Tage später an. 29 Jahre alt war sie, fast 23 Jahre jünger als er. Nach ihrer Trennung hatte sie ihn noch um einen Abschlussfick gebeten. Obwohl er anfangs keine Lust hatte und in der Küche bei ihr in der Dachgeschosswohnung ihres Elternhaus schon fast eingeschlafen war, zog sie ihn ins Bett. Dann ritt sie sich und ihn zum Höhepunkt, bedankte sich anschließend und ließ ihn anscheinend völlig entspannt gehen.

Genau das brauchte er jetzt.

Anke Markmann war etwas irritiert. Ihr Chef war distanzierter als sonst, beiläufiger, etwas nebenherlaufender, nicht so nah wie sonst. Zum Telefonieren verließ er manchmal das Büro. Sie war überrascht, wie sehr sie das verunsicherte. Als würde sie die unsichtbare, kaum spürbare Macht über Frank verlieren.

Der verfiel zunehmend in eine Chefsprache, gab kürzere Anweisungen und erklärte weniger.

Sie konnte nicht wissen, aber spüren, dass Frank ein neues Spiel eröffnet hatte. Ein leicht zu erahnendes Spiel, was auch nicht immer auf Anhieb funktionierte. Frank verließ das Büro häufig früher als sonst, bot ihr auch nicht mehr an, sie nach Hause zu fahren, was sie immer abgelehnt hatte, aber dennoch als ein ihr durchaus zustehendes Angebot empfand.

Nina hatte sich gefreut und einer Verabredung gleich zugestimmt. Frank lud sie zum gemeinsamen Kochen ein, was ihr nicht wirklich lag, aber das *Wohin gehen wir* anschließend überflüssig machte und die Wege verkürzte. Frank hatte es gut getan. Eine unkomplizierte Begegnung ohne Warum-, Was-sonst-mit-wem, Wann-sehen-wir-uns-wieder-Gequatsche.

Alles easy, wie im letzten Jahr, danach getrenntes Schlafen, das konnte er akzeptieren. Frank hatte Appetit bekommen und sie sahen sich wieder. Nina war eine kluge Frau und durch ihr Studium psychologisch ausgebildet. Sie wusste, worauf sie sich einließ, und Frank wusste, dass sie es wusste; sie wusste, dass Frank wusste, dass sie es wusste. Und Anke wusste das irgendwie auch. Das wurde spätestens klar, als sie sagte, dass eine Nina angerufen habe, wobei sie

Nina mit leicht verstellter Stimme in die Länge zog und stressbedingt die Luft durch die Nase einsog. Weiter sagte sie nichts. „Danke“, hatte Frank leicht errötend gesagt.

Etwas später fragte Anke: „Die Nummer hast du ja wohl, oder?“

An einem Samstagmorgen im März, nach einer umständlichen Bahn- und Busfahrt, stand Anke vor dem Klinkerbau in Sasel, in dem Frank zur Miete in einer Vierzimmerwohnung lebte. Sie sog die Luft wieder einmal auf ihre besondere, leicht schnaubende Art ein und befürchtete, dass Frank allein durch dieses markante Atmen auf sie aufmerksam werden würde. Sie klingelte bei Hamann. Frank Hamann, wie offiziell, dachte sie. *Frank der Anwalt* gefiel ihr besser. Sie hoffte, dass er da sein würde, frisch geduscht am besten und allein. Allein, das war wichtig. Sonst – das wollte sie sich einfach nicht vorstellen. Samstag erschien ihr besser geeignet als Sonntag.

Aber sie hatte sich zur Sicherheit ein paar Akten eingepackt und ein paar Stellen markiert, die sie zur Not einsetzen könnte, falls er überraschenden *Damenbesuch* hätte.

Es regte sich anfangs nichts, dann ging nach wiederholtem Klingeln der Summer. Frank wohnte im zweiten Stockwerk. Sie nahm den Fahrstuhl und stellte sich das erstaunte Gesicht vor, das er vielleicht machen würde. Würde er rot anlaufen? Oder blass werden? Würde ihm der Kiefer runterfallen oder das ganze Gesicht verrutschen?

Man konnte ihm nichts ansehen, weil er die Zahnbürste im Mund und dadurch bedingt ein schiefes Gesicht hatte. Etwas, das wie „Moment mal" klang, rief er ihr entgegen, zog den Kopf aus der Türöffnung, um dann die Tür aufzuhalten. „Morgenstunde hat Gold im Munde", flötete Anke. „Zahnpasta", antwortete Frank und wischte sich mit einem Handtuch den Mund ab. „Überraschung gelungen", lächelte er verlegen. „Setz dich am besten kurz in die Küche, ich bin gleich da. Muss aber noch auf den Markt", rief er aus dem Badezimmer, wo er schnell die schmutzige Wäsche aus der Badewanne wuchtete und im Schlafzimmer im Schrank verstaute. Schnell warf er die Überdecke auf sein Bett, raffte ein paar Klamotten zur Seite, sodass oberflächlich zumindest alles vorzeigbar war. Lagen seine Strumpfhosen herum? Keine zu sehen. Eines seiner Geheimnisse war, dass er zuhause gern in Strumpfhosen herumlief. Das war sehr angenehm, musste aber niemand wissen. Lediglich ein schwuler Freund, der das zum Anlass nahm, ihn spielerisch anzumachen, und seine Tochter sahen ihn manchmal in diesem Aufzug.

„Okay", sagte er mehr zu sich. „Hast du was gesagt?", fragte Anke aus der Küche. „Ne, nur Selbstgespräche, ha, ha." Frank kam in die Küche. „Trinkst du einen Kaffee?" Anke nickte. Schweigend schlürften sie aus den Bechern. „Ich muss gleich noch auf den Markt. Willst du mit?", sagte Frank dann. Er war immer noch überrascht. Unentschlossen, freudig überrascht.

„Kann der Markt nicht noch warten?", flüsterte sie mit heiserer Stimme. Sie hatte sich selbst überrumpelt. Sie zog ihren Mantel aus, den sie bis dahin noch nicht abgelegt hatte. Unter dem Mantel trug sie eine dünne Bluse und einen engen Rock. Frank nahm einen Schluck aus seinem Becher und schaute dabei tief hinein. Noch einen Schluck ohne Erkenntnisgewinn. „Bis um eins hat der Markt geöffnet", merkte er dann an. „So, na ja." Sie schaute ihn an und sog die Luft durch die Nase. Ich verrate mich, dachte sie. Egal, durchstarten. „Der Markt oder ich, wofür entscheidest du dich?" Sie legte dabei den Kopf in eine leichte Schräge und knöpfte die Bluse auf. Sie brauchte keinen BH. Das hatte Frank bereits vermutet. „Jetzt?"
Sie reichte ihm eine Hand über den Tisch und zog ihn *over the edge*. Sie setzte sich auf den Küchentisch, rollte eine Apfelsine beiseite und schob den Rock hoch. Frank mühte sich und hatte ein echtes Problem, aus dem Nichts heraus bereit zu sein. Sie schoben und drückten sich ins Schlafzimmer. Der Rest war Bettgeflüster mit kleinen Interruptionen. Frank konnte es anfangs nicht genießen. Alles, was er sich in den letzten Wochen vorgestellt hatte, ging jetzt in Erfüllung. Er musste jetzt liefern. Der Satz „Wann ficken wir wieder", mit dem sie das Verhältnis zu Eberhardt zusammengefasst hatte, ging ihm nicht aus dem Kopf. Er musste sich entspannen, sich auf sie konzentrieren. Sie war schön anzusehen, wie sie auf ihm saß. Die Augen hielt sie geschlossen. Er hätte es gern mehr genossen. Aber

193

Anke bestimmte, wie es sein sollte. Dann spürte er unvermittelt kleine Blitze. Am Ende war es für beide ganz gut, glaubte er. Sie lagen noch einen Augenblick nebeneinander, dann wollte Anke duschen. Als Frank endlich das Bett verließ, war sie bereits wieder angezogen. Frank stand noch nackt herum. „Ich muss los, vielleicht schaffst du es noch zum Markt." Sie drückte ihn an sich, küsste seinen Mund. „Bis Montag", lächelte sie, als sie die Wohnungstür hinter sich zuzog.

Frank wusste nicht, ob er jetzt glücklich sein sollte. War das jetzt ein Anfang von etwas oder was? Er wollte auf jeden Fall Nina anrufen. Ihr sagen, dass es vorbei sei, weil er in seine Sekretärin verliebt sei. Nina weinte, darauf war er eingestellt, sie tat ihm leid. Aber er war für klare Verhältnisse. Sie wünschte ihm noch „Glück".

Am Sonntag rief er bei Anke auf dem Festnetz an, konnte sie dort aber nicht erreichen. Er versuchte es auf dem Smartphone, ohne Erfolg. Sie müsste doch auch so etwas wie Sehnsucht verspüren, dachte er, und sich einmal melden. Fiebrig verbrachte er den Tag und den Abend. Am nächsten Tag lagen wieder die Honigkekse auf seinem Schreibtisch. Er wollte sie in den Arm nehmen und küssen, sie ließ es ohne größeren Enthusiasmus geschehen. Sie bemerkte seine Verunsicherung. „Lieber Frank, es war sehr schön mit dir, aber ich wollte einfach nur mal wissen, wie es mit dir so ist. Nachdem sich hier so eine Spannung aufgebaut hatte, dachte ich, wir machen es einfach mal und können dann entspannter zusammenarbeiten." Sie packte ihn an den Schultern und gab ihm einen Kuss auf die Wange. „Jedenfalls können wir doch Freunde sein, nicht wahr?"

„Freunde? Was soll das denn bitte schön sein? Du schläfst mit mir und erklärst jetzt, das war ganz unverbindlich. Hast du mich etwa gefragt, ob ich mich unverbindlich ficken lassen will?" Frank schnappte sich seinen Mantel und stürmte aus dem Büro. Mit schnellen Schritten durchquerte er den Hirschpark und setzte sich am Anleger Teufelsbrück auf eine Bank. Dieter. Er würde Dieter anrufen. Dieter hörte sich die ganze Geschichte aufmerksam an, unterbrach Frank kaum, außer dass er „Oh" sagte, in das Telefon schnalzte und gratulierte: „Du Glückspilz. Was ist das Problem?"

„Bin ich denn bescheuert?", fragte Frank. „Ich will eine Beziehung und hab jetzt Nina laufen lassen."

„Korrekt, aber unüberlegt. Wenn du ehrlich bist, war Nina nur deine Reserve, also jammere nicht herum. Siehe das doch positiv. Wenn du in einem guten Restaurant ein super Essen hattest, beschwerst du dich doch hinterher auch nicht, dass du das Besteck nicht mitnehmen darfst. Sieh es doch mal so: Es war schön, genieße es, sei dankbar." Frank hatte es gewusst. Hätte er doch Gerd angerufen, der hätte ihn sicher besser verstanden. „Halte einfach ein wenig Abstand, dann wird's schon wieder", schlug Dieter vor. Frank kehrte am Boden zerstört in die Kanzlei zurück.

„Was hältst du davon, wenn wir mal wieder einen Kaffee im ‚Legendär' trinken?", fragte Anke, als er schweigend an seinem Schreibtisch Platz genommen hatte. Ist die cool, dachte Frank und fand das akzeptabel. „Morgen oder übermorgen wäre möglich." Heute wollte er erstmal nach Hause und sich ausheulen. „Dann übermorgen", bestimmte Anke.

Im Café setzten sie sich nebeneinander, blickten geradeaus und schwiegen, bis der Kaffee kam.

„Ich will keine Beziehung", sagte Anke dann unvermittelt.

„Das habe ich von Anfang an gesagt." Frank schwieg weiter vor sich hin.

Anke ließ einen Löffel voll Zucker in ihren Kaffee rieseln. Und noch einen und noch einen. Frank lächelte plötzlich. „Du arbeitest ja heftig daran, ein Sweety zu sein. Oder was man dazu sagt. Aber eigentlich suchst du doch jemanden, oder?" Frank glaubte fest an sein Gespür für einsame unentschlossene Frauen. Er konnte sich nicht vorstellen, dass Anke keine Beziehung wollte. Schlimmstenfalls vielleicht nicht mit ihm, der ihr wahrscheinlich zu alt war.

„Ja schon, aber auch wieder nicht. Außerdem will ich meine Tochter nicht damit belasten. Wenn was schiefläuft, ist das blöde für sie."

Frank nickte und dachte an seine eigene Tochter, die schon keine Lust mehr hatte, sich seinen jeweiligen Freundinnen vorzustellen. „Ich komme da nicht mit hin." Oder: „Ne, da

übernachte ich nicht" – so in der Art würde es Ankes
Tochter sicherlich auch sehen.

„Außerdem mache ich gerade eine Therapie, seit drei Jahren
schon. Langsam werde ich sicherer mit mir. Ich lerne mir
und anderen mehr zu vertrauen, aber es kann dauern."
Anke wollte ihn auf Abstand halten, das war Frank klar
geworden. Jedenfalls ging es nicht darum, ihn zappeln zu
lassen.

„Okay, akzeptiert", sagte Frank, ohne selbst genau zu
wissen, was er damit akzeptiert hatte.

Ihr Verhältnis entwickelte sich zu einer Art
Bratkartoffelverhältnis. Frank durfte sie zuhause besuchen,
lernte sogar ihre Tochter kennen. Sie kochte aus den Aldi-
Zutaten einfache Gerichte, mal Nudeln, mal Pizza.
Manchmal gab es etwas vom Griechen. Aber es war
unbefriedigend. Einmal schliefen sie miteinander, sogar bei
ihr zuhause. Das kam aus heiterem Himmel für Frank. Er
war gar nicht ganz bei der Sache, weil er immerzu darüber
nachdachte, was es jetzt bedeutete. Als sie so im Bett lagen,
hoffte er, bleiben zu dürfen, aber: „Nichts da", sagte sie und
schickte ihn nach Hause, nachts um ein Uhr.
Manchmal erzählte sie von Partys, auf denen sie gewesen
war. Ohne ihn, wegen der Unabhängigkeit, hatte sie erklärt.
Frank war traurig und fühlte sich manchmal wie ein
Glückspilz, dann wieder wie ein geprügelter Hund.
Insgesamt erfüllte ihn dieses Spiel von Nähe und Distanz, da
die Hoffnung überwog. Es war eigentlich eine schöne Zeit,

nach Mitternacht durch die Straßen Hamburgs zu fahren. Die Luft war relativ sauber und es waren wenige Autos unterwegs.

Eine Zeitlang hielt er es aus. Er spürte jedoch, wie seine Unzufriedenheit zunahm und in Traurigkeit umschlug. Seine Traurigkeit wandelte sich bald in Wut, dann in eine Art Entschlossenheit. Ich muss mich auf mich selbst besinnen, genau. Ich bin zu nichts verpflichtet. Ich kann machen, was ich will. Jawohl. Und das mache ich jetzt. Gesagt, getan, ein Mann, ein Wort, prostete er sich später zuhause vor dem Spiegel zu. Er hatte sich noch einen Absacker eingeschenkt und ging dann mit Gedanken an zukünftige, entschlossene Taten ins Bett.

In den nächsten Wochen distanzierte er sich von Anke, feierte auf Ü-30-Partys, lernte erst eine Frau mit zwei Kindern kennen, dann eine mit drei Kindern und eine, bei der er danach fast kotzen musste, als er sie im Licht und ungeschminkt betrachtete. „Wie verzweifelt muss ich sein", sagte er zu Dieter, als er sich zwischendurch ausquatschte.

Dann fuhr er mit einer neuen Bekanntschaft ein paar Tage weg. Jetzt, da er unterwegs war, fiel ihm auf, dass Anke häufiger als sonst anrief und eine Frage zu einem Fall oder etwas, was sie suchte, stellte. Und am Ende immer auf etwas zu warten schien, was er sagen sollte. Später erzählte er von seiner neuen Freundin Renate. „Es war Zufall, nicht mal auf einer Party. Einfach so beim Bäcker." Frank schaute gespannt, wie Anke reagieren würde. Nur ein leichtes

Schnauben, dann ein Lächeln. „Viel Glück", hatte sie gesagt.

Ein paar Tage später wurde sie krank. Sie wolle aber gern ein wenig arbeiten, weil ihr die Decke sonst auf den Kopf fallen würde. Frank brachte ihr ein paar Akten mit Fällen vorbei, zu denen sie ein paar Referenzfälle recherchieren sollte.

Nach einer Woche schien es ihr bereits etwas besser zu gehen. Als Frank gegen Mittag vorbeikam, hatte sie eine Pizza in den Ofen geschoben und ihn zum Essen eingeladen. „Morgen komme ich wieder ins Büro", flötete sie. „Es geht aufwärts. Und bei dir?", fragte sie bewusst beiläufig und setzte sich für eine Sekunde auf seinen Schoß, um mit den Worten „Oh, die Pizza ist fertig" wieder aufzuspringen. Eine weitere Beiläufigkeit, die Frank sehr wohl registrierte, aber noch nicht einordnen konnte. Er wollte treu sein. Seiner aktuellen Liebe, ohne richtige Liebe. Aber immerhin verbindlich. Verbindlicher als alles, was er mit Anke erfahren hatte.

Anke schnitt mit dem Pizzaroller mundgerechte Pizzastücke zurecht. Die Haustür wurde geöffnet, Mireille stand kurz darauf in der Küche und steckte sich ein Pizzastück in den Mund. Nickte kurz in Franks Richtung und verschwand darauf in ihrem Zimmer. „Ist es denn ernst mit dir und – wie hieß die nochmal – Monika?", fragte Anke und griff sich noch ein Stück. Frank antwortete nicht, sondern schob sich auch einen Bissen in den Mund. „Also, für mich ist das okay."

„Und was ist mit Eberhardt?", versuchte Frank zu kontern.

„Ach, nichts weiter. Und was ist mit uns?"

„Ich verstehe die Frage nicht", nuschelte Frank, der den Mund noch voll hatte und sich fast verschluckte. „Du wolltest keine Beziehung und wenn, dann nicht mit mir."

„Jedenfalls will ich nicht abhängig sein. Und du willst etwas Festes, wie ich sehe, stehst du aber nicht auf den festen Typ Frau. Also lass es uns locker angehen", flüsterte sie, plötzlich wieder ganz nah vor seinem Gesicht.

Frank ließ sich in ihr Zimmer mitziehen. Sie schloss die Tür ab. Er saß auf der Bettkante. „Ich will nicht mit dir schlafen", krächzte er, als sie in Hemd und Slip vor ihm stand. Er wollte aufstehen, aber kollidierte dabei mit ihr, da sie direkt vor ihm stand. Dann begriff er, dass er *over the edge* war. Kein Widerstand möglich. Zum ersten Mal, seit sie sich kannten, genoss er es. Ihm war jetzt alles egal, sie war ihm in diesem Moment egal. Und sie genoss es ebenfalls intensiv, das spürte er. Frank gab alles. Er verlor sich völlig in ihr und setzte seine Anspannung der letzten Wochen in sexuelle Energie um.

„Wenn ich gewusst hätte, was du für ein böser Junge bist, hättest du das alles schon viel früher haben können." Sie posierte nackt vor ihm. Frank lächelte schwach. „Du musst ja nicht gleich alles beichten", schlug Anke vor, die eine Ahnung davon hatte, was in ihm vorging. „Ist ja nichts passiert", entgegnete Frank und beschloss dieses Erlebnis mit Anke für sich zu behalten.

Es klopfte an der Tür. „Mama?"

Damit wurde jedes weitere Wort abgeschnitten.

Frank zog sich eilig an und setzte sich auf die Fensterbank, um möglichst weit weg von der Tür zu sein. Anke schloss daraufhin die Tür auf und trat in den Flur. Frank konnte nicht hören, was die beiden besprachen und wie Anke aus der Nummer wieder herauskam. Wahrscheinlich kannte ihre Tochter das schon. Frank schämte sich ein wenig, trat auf den Flur hinaus und verschwand mit einem „Viel Erfolg noch" aus der Haustür. Er hatte keine Lust, irgendeine Art von Gespräch anzufangen. Es musste eine Ausnahme sein, schwor er sich auf dem Weg nach Hause.

Die nächsten Tage vergingen in einer Atmosphäre in Watte getauchten Normalität. Frank hatte glücklicherweise viel zu tun und konnte sich rarmachen. Anke bekam dadurch einiges auf den Tisch, sodass die Arbeitsatmosphäre beide einschloss. Frank fuhr meistens abends zu seiner Freundin. Was Anke machte, wusste er nicht.

Zwei Wochen nach dem folgenreichen Pizzaessen, an einem Sonntagabend gegen 20 Uhr, klingelte es an seiner Haustür. Er schaute durch den Spion. Anke. Im langen Mantel. Sie kam ganz nah an das Glas des Spions heran. „Ich sehe, dass du da bist. Ich habe ein Geschenk für dich!", rief sie, dass es im Treppenhaus hallte. Frank riss die Tür auf. „Nicht so laut, komm rein, die Leute sind super neugierig." Er ließ sie schnell in die Wohnung. „Was ist das für ein Quatsch mit dem Geschenk, hätte das nicht bis morgen warten können?" „Dieses Geschenk, sollte das etwa warten?", sagte Anke und öffnete ihren Mantel. Fast nichts trug sie darunter. „Willst du das nicht auspacken?"

Frank zögerte. Es widerstrebte ihm, er wollte nicht, aber er konnte das Geschenk schließlich nicht ablehnen.

Hinterher wurde er wütend. Wütend auf sich selbst mit seiner erfüllten Sehnsucht nach dieser Frau, die hier und dennoch unerreichbar war.

Jedenfalls auf seine Weise, für ihn unerreichbar.

Er bezahlte ihr ein Taxi. Übernachten sollte sie nicht bei ihm. Anke deutete mit der Unterlippe einen Flunsch an. Frank nahm das als spielerische Geste. Er zeigte sich unbeeindruckt.

„Wir müssen mal reden", sagte er am nächsten Tag im Büro zu ihr. „So geht das nicht weiter."

„Jetzt wirst du aber sehr ernst, es ist doch alles gut so." Frank schüttelte den Kopf. Er fing an zu zittern. „Lass uns einen Spaziergang machen", schlug er vor.

Sie schlenderten durch den Hirschpark, in dem nur wenige Spaziergänger unterwegs waren. Überwiegend Menschen mit Hunden und Kindern.

Sie spazierten kreuz und quer und stellten fest, dass es nichts zu klären gab. Frank verstand Anke nicht. Er hatte ihr

202

von seiner neuen Beziehung erzählt, von seinem Wunsch nach Klarheit, Verbindlichkeit und Vertrautheit. Was denn so toll an der Frau sei, hatte Anke gefragt. „Eben das, was ich gerade aufgezählt habe."

„Bin ich dir nicht vertraut?" Anke trat ganz nah an ihn heran. Sie standen in einer kleinen Senke, etwas entfernt von den Spazierwegen. Anke zog ihn an sich. „Ich bin dir vertraut", sagte sie, schaute ihm in die Augen und lehnte sich mit dem Rücken an einen Baum. Dann steckte sie ihm etwas in die Tasche. Es fühlte sich weich und glatt an. Frank griff danach und hatte einen Slip in der Hand. „Oh, der gehört mir. Wo kommt der denn her." Sie hob ihren Rock. „Da, sieh mal."

„Es ist ein Notfall!", hatte Frank seinen Freunden per SMS geschickt, nachdem Anke ihm geschrieben hatte: „Ein Stern ist auf uns beide gefallen." Frank war sofort klar, was das in Ankes Sprache bedeutete. Sie war schwanger.

Nichts fiel die Mauer hinunter. Sätze wie:
„Sie ist eine Waffe",
„Nein, ist sie nicht, sie weiß eben genau, was sie nicht will",
„Aber ein Kind von dir will sie",
„Ist es denn von dir?",
„Hört das denn nie auf? Meine Ex wollte kurz vor der Trennung auch noch ein Kind", blieben alle haften.
Frank verzweifelte. Hatte gedacht, er hätte alles hinter sich. Beziehungskasperei und das ganz ganze Theater, welches

203

damit verbunden war: Hollywoodschaukel, Schläge und Ü-30-Partys. Immer sehnsüchtig.

„„Wir sind doch nicht zusammen, das geht nicht mit dem Kind', habe ich ihr erklärt.

‚Aber wir haben doch eine Beziehung', hat sie gesagt."

Im Schwimmbad

Im Schwimmbad

Der alte Mann unter der Dusche,
ein Greis,
ist mit sich und seinem Körper einverstanden.
Er seift sich ein, völlig nackt.
Blicke sieht er,
ohne sie zu erwidern.
Sie treffen ihn nicht.
Im ersten Schauen will ich nicht hinsehen,
doch dann erkenne ich genau,
was auf mich zukommt.
Das Alter.
Ein schlanker Körper, leicht nach vorn geneigt.
Übersät mit braunen Flecken.
Wahrlich am ganzen Körper.
Graue Haare am Gemächt, faltiges, flaches Gesäß.
Im ersten Moment sehr fremd,
dann gewöhne ich mich an den Anblick,
ja, er ist erträglich.
Die Beine muskulös
und die Haltung aufrecht, rührend,
auch wenn der nicht so große Mann gebeugt steht.
Und geht, als gehöre ihm die Welt.

Epilog in zwei Zeitungsausschnitten

Epilog in zwei Zeitungsausschnitten

Weserkurier aktuell

Ein mysteriöser Fall beschäftigt die Kriminalpolizei seit einigen Tagen. Mitten in der Stadt wurden wenige Meter voneinander entfernt ein blutender Mann und eine verletzte, mit Blutspuren übersäte Frau aufgefunden. Erstaunlich war, dass beide bluteten, ohne größere sichtbare Verletzungen aufzuweisen. Die letzten Worte des etwa 60-jährigen Mannes sollen „Lassen Sie mich durch, ich bin Arzt!" gewesen sein. Dabei habe er Niederländisch gesprochen, was durch die Nähe zur holländischen Grenze für Bremen nicht ungewöhnlich sei, so der Polizeisprecher. Eine Blutuntersuchung habe ergeben, dass der Verstorbene unter erheblichem Drogeneinfluss stand. Die eigentliche Todesursache werde noch ermittelt.

Bei der Frau handelt es sich möglicherweise um Sylvia N. Diese war nach einer achtjährigen Haftstrafe wegen Totschlags an ihrem Mann vor drei Jahren aus der JVA entlassen worden. Nach ersten Erkenntnissen war die Frau aus dem Haus gelaufen, um ihrem Nachbarn zu Hilfe zu kommen. „Ich kenne den Mann, er ist mein Nachbar", soll sie gerufen haben. Dem Vernehmen nach lebte er bereits länger in einer Wohnung gegenüber. „Er ist doch so ein ordentlicher, ruhiger und unauffälliger Mensch", zitierte der Polizeisprecher die Frau. Sie wird in den nächsten Tagen weiter vernommen, wenn es ihr Gesundheitszustand ermöglicht.

Was mein Leben reicher macht – Die Zeit

Mein Leben schien ausweglos. Meine große Liebe nutzte mich aus, ich fühlte mich lange Zeit so ausgebeutet und mitgenommen, dass ich Panik vor Menschen bekam und auch beruflich kaum mehr etwas zu leisten im Stande war. Dann kam dieser eine Abend: Ich beobachtete meinen Nachbarn von gegenüber durch das Fenster, wie schon so oft. Etwas kam mir komisch vor, also ging ich hinüber. An genaue Szenen kann ich mich kaum mehr erinnern. Doch als ich wieder in meiner Wohnung war und noch einmal den Hausflur kontrollierte, stand er vor mir, breitete die Arme aus und drückte mich an sich. Einfach so, obwohl wir bisher nie ein Wort gewechselt, uns nie gegenübergestanden hatten. Dann ging er einfach fort – ich habe ihn nie wiedergesehen. Doch dieses Gefühl des Glücks, ohne Bedingungen umarmt zu werden, erinnerte mich daran, was ich mir vom Leben wünschte. Schon in der gleichen Nacht fasste ich den Entschluss, nur noch diesem Wunsch nach zu handeln. Jetzt lebe ich unter der Sonne Griechenlands und denke gerne zurück an diesen unbekannten Mann, der mir mit so offenen Armen begegnete.

Sylvia N., Kreta

Die Autorin und der Autor

Svenja Hirsch

ist geborene Hamburgerin, studierte Literaturwissenschaften und promoviert zu Friedrich Dürrenmatt. Sie arbeitet als Texterin, fest und freiberuflich, und hat 2015 den WäldchenVerlag für nachhaltig produzierte, illustrierte Geschenkideen und Geschichten gegründet, in dem sie alle anderen kreativen Ideen umsetzt. Sie schreibt darüber hinaus SEO-Texte und ist Mitglied im writers room e. V.

www.svenjahirsch.de

www.waeldchenverlag.de

Veröffentlichungen:

Die drei Herren und das mysteriöse Fischbrötchen, WäldchenVerlag, 2018.

Drei Damen auf Café-Fahrt, WäldchenVerlag, 2016.

„Im Gefrierschrank". In: Scharf geschossen mit der Kamera, K&N Verlag, 2015.

„Der Kommissär und der Zufall. Aspekte des Unheimlichen in Friedrich Dürrenmatts Das Versprechen.". In: Kritische Ausgabe, 19 (2010).

Jens Gärtner

Der Autor und Persönlichkeitstrainer hat einen vielseitigen Zugang zur Wirklichkeit, indem er hin und wieder den Fokus verschiebt. Er veröffentlicht neben Erzählungen, Kurzgeschichten, politische Romanen u. a. auch Bücher zum Thema Persönlichkeit, Führung, Motivation und beschreibt unterschiedliche Lebensentwürfe und Träume.

Immer neue Begegnungen beschreibt er in seinem Blog:

www.begegnungentexte.com.

Veröffentlichungen:

„Aserbaidschanischer Traum – eine Frau in Baku". In: Dachkammerflimmern, Dölling und Galitz, 2015.

Die Kunst des Selbstrasierens. Hamburger Sozialdemokraten im Widerstand gegen den Nationalsozialismus, Feldhaus Verlag, 2014.

Führen, Verhandeln, Überzeugen, Windmühle Verlag, 2013.

„Wirtschaft leicht gemacht", „Politik leicht gemacht", „Business Talk", alle Feldhaus Verlag, 1990-2004.

„Mein Weg in die Utopie und zurück". In: Heute schon gelebt? Alltag und Utopie, Verlag 2000, 1981.